Peter Hammerschlag

Die Affenparty

Prosa

Mit 11 Zeichnungen
des Autors

*Herausgegeben von Volker Kaukoreit
und Monika Kiegler-Griensteidl*

Paul Zsolnay Verlag

Die Zeichnungen von Peter Hammerschlag stammen
aus Beständen der Österreichischen Nationalbibliothek

ISBN 3-552-05164-3

Satz: Eva Kaltenbrunner-Dorfinger, Wien
Einbandgestaltung: Peter-Andreas Hassiepen
unter Verwendung einer Photographie aus der
Österreichischen Nationalbibliothek
Druck und Bindung: Friedrich Pustet, Regensburg
Printed in Germany

1

Herrgotts Tiergarten

Die Affenparty

»Girls and boys!« sagte Mr. Gould-Scrapper, und sein rechter kleiner Finger fuhr auf einer Landkarte herum. Mr. Gould-Scrappers kleiner Finger hatte einen lila gefärbten, zwei Zoll langen Nagel und trug einen Platinring mit einem Smaragd, der so groß wie ein kleines Hühnerei war. Dieser Ring war nicht billig gewesen, war dafür aber so grauenhaft, geschmacklos und plump, daß Mr. Gould-Scrapper den Finger nicht abbiegen konnte, wenn der Ring daran steckte. (Aber das war es ihm wert.) »Girls and boys«, sagte er, »ich will euch nicht langweilen. Eine Short Story. Alle halbwegs möglichen Weekend-Plätze sind vom Pöbel überschwemmt. Miami, Palm Beach, St. Moritz, Kitzbühel, Monte, Frisco. Es ist zum Kotzen! Ist es nicht?« Und seine Freunde und deren Frauen nickten und fanden, daß es so wäre. »Da habe ich nun gestern James (James war Mr. Gould-Scrappers Kammerdiener) aufs polynesische Konsulat hinaufgeschickt und eine kleine Insel gekauft. Ein Inselchen. Es kostet eine Million Dollars …«

Mr. K. Nall-Proots, ein Freund Mr. Gould-Scrappers, kaute an dem Mundstück seiner Pfeife, die aus Bergkristall war und grunzte: »Es kann keine prima Insel sein, Ned, sei mir nicht bös. Sonst hätte sie zehn gekostet, Ned.« Mr. Gould-Scrapper wurde ein wenig rot, kaute einen Augenblick lang an der Unterlippe, gab dann aber zu: »Es ist gerade keine erstklassige Insel, dafür aber ist sie garantiert menschenleer, und wir werden endlich einmal zum Weekend unter uns sein. Ich denke, das genügt. Unsere Insel liegt da wo herum …« Die Herrschaften beugten sich über die Karte, aber die Insel war so klein, daß sie nicht eingezeichnet war. Da zogen die Herrschaften die Augenbrauen hoch, aber keiner und keine sagte ein Wort von dem, was ihnen eigentlich allen auf den Zungen lag, daß nämlich Mr. Gould-Scrapper im Grunde ein Geizkragen und kleinlicher Filz war. Aber sie sagten höflich »mhm«. »James hat auch gleich eine passende Yachtbemannung samt einem befahrenen Kapitän und einigen zweckmäßigen Lotsen angekauft. Ich lade euch, Girls and Boys, ein, auf meiner Insel Weekend als meine Gäste zu verbringen. Wir starten morgen um neun Uhr morgens. Meine sechs Wagen – die leichten Sommerwagen – werden soeben überholt und ummontiert. Wir können in etwa zwei Tagen an der Küste sein. Die Überfahrt dauert bloß vier Tage. Heute ist Montag, wir werden also zum Weekend am Platz sein.« Die Herrschaften nickten, es stimmte. Ordnungsliebend war Ned. Er zog seine Kaugummidose aus frühchinesischem Porzellan und steckte ein Kaugummiblättchen, das mit Goldstaub bestreut war und höllisch schmeckte, in den Mund. Dann begann er zu feixen, und die Herrschaften wußten, daß nun die Pointe käme. »Wir wollen auf unserer Insel auf den Bäumen in der leichtesten Bekleidung und nur von Früchten leben. Der Gebrauch der amerikanischen Sprache ist über Weekend verboten. Früchte, Schwimmtrikots, kindliche Spiele, geschlossener Zirkel. Unsere Insel heißt übrigens Yau-kiki-kuki, und die Devise unseres kleinen Trips lautet: Die Affenparty.« Da heulten die Herren auf und schlugen sich auf ihre breiten Schenkel, und die Damen wurden ein wenig rot und sagten

»Yiiihhh«, und dann applaudierten sie alle. Ned Gould-Scrapper grinste vor Eitelkeit noch alberner. (Die fast zwei Millionen Dollars waren ihm das wert.) Und Mr. K. Nall-Proots fragte: »Wo hast du denn den ganzen entzückenden Blödsinn her, alter Gauner?« Und Ned: »Ach, James hat mir ein Buch aus seiner Bibliothek geborgt. So einen zum Brüllen komischen alten Schmöker von einem ... von einem ... Mr. Rousseau. Er heißt ›Zurück zur Natur‹. Dieser komische alte Bursche hat da vor etwa zweihundert Jahren in Frankreich oder so wo gelebt. So ist die Sache.« Und so war sie oder eigentlich noch ärger ...

Und am nächsten Morgen fuhren sechs schneeweiße Zwölfzylinder-Hispano-Suizas mit versilberten Kühlern und den Herrschaften weg. In den zwei ersten Wägelchen saßen Mr. Eddy Gould-Scrapper, Gastgeber und Junggeselle, sowie Mr. Keith Nall-Proots samt Gattin Georgia und Tochter Virginia. Die Sache war eigentlich für Virginia nicht recht passend, aber sie hatte so lieb und inständig gebeten, daß sie mitgenommen wurde. (Mehr war sie nicht wert.) Im zweiten Wagen saßen Mr. Ezzechia Everjob mit Gattin Eunice und Mr. Frank Moneycrazy mit Gattin Sylvia. Die nächsten zwei Wagen führten ein wenig Gepäck und leichte Seidenzelte für die erste Zeit. Und die letzten zwei Wagen trugen ein wenig sozusagen »gezähmten« Proviant in Dosen, Flaschen und Büchsen, auch nur für die erste Zeit. Und so sausten sie mit 100 Stundenkilometern zwei Tage lang durch die gesegneten Staaten und an die Küste; dort schaukelte Neds Yacht »Fool Mae«, die »Verrückte Mariedl«. Und sie war silbern lackiert. Die Herrschaften schifften sich ein, die Chauffeure salutierten und fuhren zurück. Und dann stach man in See, daß die See vor Ekel aufschrie. Und es war eine entzückende Überfahrt, und sie wurden nicht seekrank. Aber die See war fast krank, als sie am Freitagabend ihre Weekendinsel anliefen. Die Herrschaften wankten von Bord und heulten der Mannschaft der Yacht einen Abschiedsgruß entgegen. Einen affigen Abschiedsgruß, der ging so: »Gurr-gurr-guach-guuuuuuu!« Mr. Gould-Scrapper hatte den Gruß selbst gedichtet. Auch hatte man sich beim Grüßen nach Affenart zu kratzen, von wegen der Echtheit und Naturnähe. Die Mannschaft stand an der Reling und wunderte sich schon über gar nichts mehr. Dafür aber sang sie – die Mannschaft – Mr. Gould-Scrappers private Nationalhymne, die der bekannteste Schlagerkomponist der Staaten für ihn gemacht hatte. Und sie salutierten, und die »Fool Mae« wendete und feuerte Salut. Aber der Kapitän – er hieß Sven Lundström – spuckte in die See, als niemand hinsah. (Mehr war die Sache nicht wert.) Die Herrschaften wieder johlten und heulten und tobten, rissen sich in den schnell aufgeschlagenen Zelten die Kleider vom Leibe und behielten nur das Notwendigste und ein wenig Schmuck an. Und dann stürzten sie sich mit einem schandbaren Geheul in das zierliche Urwäldchen, das den Kernpunkt der Insel bildete …

Sing Song und die Seinen waren geborene Gorillas. Im Morgensonnenschein beschnupperten, begriffen, bekauten sie Zelte, Kleider, Proviantdosen, alles. Zerrissen, aus Unmut oder Ungeschicklichkeit, einiges, öffneten mit ihren vertrauensvollen, haarigen Fingern einige Konserven, schnitten sich, lutschten dann aber den guten Inhalt der Büchsen zum Troste aus. Aber jeden Augenblick mußten sie sich ihre großen, fleischigen Ohren mit den Haarhänden zuhalten, solch einen Lärm vollführten die Milliardäre in ihrem neuen Urwäldchen. Sie brüllten immerfort: »Heavenly!« »Lovely!« »Charming!« Die Gorillas aber dachten: »Shocking!« »Horrible!« »Damned!« Es waren eben ungebildete, einfache Tiere. Dann aber sprach Sing Song zu den Seinen (auf gorillisch): »Girls and Boys! Wir sind unser acht und jene sind ihrer acht. Dennoch sind sie in der Überzahl. Wir wollen mit diesen komischen, netten Sachen hier spielen, bis es besser wird und jene Brüllaffen wieder weggehen.« Und sie zogen sich als Milliardäre an, aßen Konserven und spielten Menschen. Sie kehrten eben zur Zivilisation zurück, so wie die Milliardäre zur Natur. So weit wäre alles ganz gut und ganz schlecht gewesen. Aber wir dürfen den blinden Passagier nicht aus den Augen lassen. Wie jedes Abenteurerschiff hatte auch die »Fool Mae« ihren blinden Passagier gehabt. Der hieß Jonny Smart und war der jüngste und frechste Reporter des großen Boulevardblattes »World Spy«. Er war ein dürrer, stupsnasiger und backenknochiger Bursche, zäh, zudringlich, kalt, aber beflissen. Der hatte, zu einem winzigen Kleiderbündel zusammengeballt, die Fahrt im Maschinenraum der »Fool Mae« mitgemacht, war aber mit einem Kopfsprung früher ausgestiegen und hatte die letzten paar Seemeilen, die ihn von der Insel Yau-kiki-kuki trennten, schwimmend zurückgelegt. Um den Hals trug er in einem Kautschukbeutel Notizblock, Füllfeder, Kamera und einen wunderbaren, herrlich präzisen, eigens konstruierten Funkapparat in der Größe einer Zigarettendose. Zwei Tage lang hielt er sich am Ufer versteckt und trocknete seinen schäbigen Leinenanzug. Am Morgen des dritten Tages aber – go on, sunny – interviewte er Mr. Sing Song, den braven Gorillavater, der ein wenig nachdenklich in einem Streckstuhl am Strande lag und sich immer wieder an Whisky-Soda verhustete. Jonny Smart war ein verlogenes Geschöpf. Er wußte natürlich alles, sprach aber dennoch Sing Song als »Mr. Eddy Gould-Scrapper« an und gratulierte ihm zu seinem bereits herrlich natürlichen, affigen Aussehen. Und dann sprachen die beiden Herren sehr nett und viel miteinander. Sing Song hatte eine amerikanische Grammatik in einem Koffer gefunden und sprach bereits einen hinreichenden, wenn auch etwas gutturalen Slangdialekt, sind eben gelehrige Tiere, die Gorillas. Und der dumme, alte Sing Song war geschmeichelt, als der falsche Jonny ihn fragte, was er über den Kontinent, die kanadischen Fünflinge, die Weltlage und die Milliardäre sowie über die Zukunft der Gorillas dächte. Und war stolz, daß man ihn bereits für einen fertigen, übergeschnappten Milliardär hielt, und so sagte er zum Schluß: »Wir haben da seit einigen Tagen eine ganz interessante Horde nackter Brüllaffen auf unserer Insel, junger Mann. Die Männchen sind fast haarlos, die Weibchen rot oder gelb gefärbt, und sie machen einen erstaunlichen Lärm. Ich möchte die Tiere der Redaktion ihres geschätzten Blattes zum Kauf anbieten.« Dann griff Mr. Sing Song in sein weißseidenes Hemd, um sich ein wenig zu kratzen, und Jonny Smart machte sich stumm und kühl davon. Schlug sich in die Büsche, bastelte an seinem Apparat und … Und funkte über viele, viele hundert Seemeilen weg, durch die gesegneten Staaten hindurch, bis ins Zimmer seines Chefredakteurs …

Und zwölf Stunden später lief vom Golf von Mexiko eine kleine Rettungsflottille aus. Ein sehr flotter, kleiner Schnelldampfer der Filmgesellschaft »Silverstone-Brothers«. Die wollten einen Kulturfilm drehen. Ein mittelgroßer Steamer, bepackt mit Reisenden und ausgesandt von Cook (Filiale New York). Die wollten alles an Ort und Stelle sehen. Eine kleine private Motorjacht mit Photographen und Berichterstattern des »Welt-Spions« zur Unterstützung Jonny Smarts. Und dann noch eine eigentlich schon abgewrackte, aber halbwegs zurechtkalfaterte Segelbarkasse mit Leuten von der Heilsarmee, die sehen wollten, was noch zu machen wäre. Die war aber nicht ganz seetüchtig und blieb bald zurück. Die anderen Schifflein jedoch legten sich so ins Zeug, daß sie zu der Fahrt bis Yau-kiki-kuki bloß drei Tage brauchten. Es war aber auch schon höchste Zeit …

Mr. Gould-Scrapper und die Seinen hatten die ganze Affenschande und Weekenderei bis daher. Das ganze wunderbare schlechte Benehmen freute sie nicht mehr. Sie hatten sich längst sattgekratzt, sie wollten einander auch nimmer an den Haaren zausen, einander nicht mehr mit Bananen bewerfen. Wollten nicht mehr jaulen, glucksen, pfeifen, schnalzen, ja, sie begannen bereits, wieder amerikanisch zu reden. Sie litten an Rheuma, Migränen, Sehnenzerrungen und waren von Moskitos, Baumameisen und Kolibris zerpickt. Die Herren sahen Mr. Gould-Scrapper bereits ganz merkwürdig an, und die Damen fletschten die Zähne gegen ihn. Mr. Gould-Scrapper setzte alles auf eine Karte. Um die Stimmung zu retten, ergriff er brüllend Miss Virginia K. Nall-Proots und schleppte sie – täuschend äffisch – in den Busch! Da fanden aber die Herrschaften, das ginge entschieden zu weit und setze allem die Krone auf. Als sie sich aber gerade an den Lianen herabließen, um die Verfolgung aufzunehmen, stieß die Rettungsflottille an den Strand …!

Sing Song und seine Affenbande hatten mit Kirschenjam ein Plakat gemalt: »Hoch unsere Befreier!« Herzzerreißende Szenen sollen sich bei der Gefangennahme der verafften Milliardäre abgespielt haben. Jonny Smart hat zweihundert Zeilen darüber geschrieben, aber der »World-Spion« hat nicht gewagt, den Bericht zu veröffentlichen. Jetzt sitzen Mr. Gould-Scrapper und seine Mitaffen am Strande in einem zerlegbaren, aber fest verschraubten Käfig. Sing Song und seine Sippe gehen um den Käfig herum und freuen sich. Sie werden jetzt bald wieder zur Ruhe kommen. Erst aber muß man die Herren von der Universität Harvard abwarten, die gestern gestartet sind, um im Auftrage der gesegneten Staaten zunächst einmal die Milliardäre von den Affen reinlich zu scheiden. Jonny Smart bekommt jetzt pro Woche zwanzig Dollar mehr. (Und das ist er auch wert!)

Der kleine Rebell

Im grossen Rondeau des Rathausparkes haben sie ein Kinder-Reservationsgebiet, eine winzige, autarke Sandhaufenrepublik, vielleicht fünf bis sechs Quadratmeter umfassend. Wenn die Sträucher nicht mehr blaßgrün und zartgelb schimmern, sondern schon entschiedene Blätter da sind, wird frischer Sand aufgefüllt. Vielleicht sechs Schubkarren fahren da auf, und dann geht es los. Mit »Schauferl« und »Küberl«, mit den »Sandformerln« und mit ... Territorialstreitigkeiten.

Aber die Erwachsenen respektieren die kleine Welt des Sandhaufens. Das Kinderfräulein übersteigt nur selten die Trennungsplanke, die etwa dreißig Zentimeter hoch ist. Zieht es vor, den Kurti, der eben die Annemarie mit der Schaufel aufs Köpfchen gehaut hat, zu sich heranzuzerren und mit der gekrallten Rechten in das Gebiet der Erwachsenen, in ihren strafrechtlichen Bereich zu heben. Und der Papa, den seine Kleine bittet, ihr in den großen, dicken, mühsam geschaufelten Berg einen schönen, geraden Tunnel zu bohren, dieser Papa kauert sich auch hart an der Planke nieder und arbeitet von »draußen«.

Der Tag war milchig. Dünn, weiß, ein wenig kalt. Die Frühlingssonne war nicht ganz echt, so gelblich, schwach, unstet. Der Sandhaufen trug noch den teils verklumpten, teils schlammig gewordenen Sand der vorigen »Season«. Und in der Mitte des Sandplatzes war die Lacke. Eine wunderschöne, vielleicht zwanzig Zentimeter tiefe, herrlich lehmgraue Lacke, mit Flach- und Steilufern, mit Unterwasserbuckeln, undurchsichtig, mit zähem Grundschlamm ... eine köstliche Lacke, ein Meer für Unfolgsame. Gewissermaßen eine Schale Milchkaffee, die der Winter stehengelassen hatte. In dieser Lacke wühlte der Held. Er trug einen neuen, osterhasenblauen Matrosenanzug, hellgelbe Schuhe und weiße Strümpfe. Den Hut hatte wohl das Fräulein ... Und wo war das Fräulein? Läßt die Nocken den Buben da im kalten »Schmutz« (sage nie »Dreck« vor Kindern!) wühlen! Sitzt sie im Rondeau? Nein, sie geht in den Alleen spazieren! Und er nützte es aus, trank gewissermaßen jede Sekunde dieser rebellischen Minuten. Tief, tief tauchte der rechte blaue Ärmel in den braungrauen Tümpel, die Manschette troff, das schöne blaue Kleidi klebte jedesmal am Arm, wenn er mit ruhiger Anspannung eine Schaufel voll »Schmutz« hochbaggerte. Er hielt den Kopf tief über sein Werk gesenkt. Hob ihn nur jedesmal, wenn er eine Schaufel voll irgendwohin klatschte. Aber dann lag in seinen großen, dunkelbraunen, vielleicht fünfjährigen Augen eine souveräne Selbstverständlichkeit, eine herrenhafte Sicherheit und ein Ernst, vor dem selbst ein Parkwächter oder gar ein Wachmann einen Augenblick lang gestutzt hätten. In seinen Augen lag das: »I C H, der einzige Bub der Welt, habe D A S einzige Fräulein, das mir erlaubt, im Schmutz zu spielen. Außerdem bin ich ihr davongelaufen!« Und der kalte, schwere Schlamm spritzte auf die Schuhe seines Hofstaates. Er hatte einen Hofstaat. Links von ihm stand ein kleines Mäderl, brünett, im rosa Manterl, und rechts von ihm eine grazile Blondine von vielleicht vier Jahren. Die beiden hatten ernste Gesichter, leuchtende Augen, festgeschlossene kleine Münder.

Manchmal sahen sie einander an und – wären sie nur um zehn Jahre älter gewesen –, sie hätten einander jedesmal zugenickt. Sie waren hingerissen, sie waren dem Rebellen verfallen, sie waren zugleich »pafi« und selig. Welch ein Mann! Der trinkt sicher seine Milch nicht aus, der schüttet den faden Kakao um, der versteckt sich, wenn er den Spinat aufessen soll, unterm Bett, er darf jeden Hund am Schweif ziehen, und der Hund fühlt sich noch geehrt! Ein Held, ein Überlausbub, ein Göttlicher! Und die Schlammspritzer, die manchmal ihre kleinen, weißen Strümpfe trafen, nahmen sie mit demütiger Verliebtheit und dankbarer Bescheidenheit hin. Welch ein Glück, von solchem Helden als Luft behandelt zu werden, oh Seligkeit, gewissermaßen aus zweiter Hand schlimm sein zu dürfen! Sie hätten – wie Frauen sind – ihr Leben für ihn gegeben. Und die Torte vom Mittagstisch ... Dem Arbeitenden gegenüber stand ein dicker, semmelartig blaßer und qualliger, unbehilflicher Bub in schwarzem Samt. Der kniff die Lippen ein, machte abwechselnd »tzzzzz« und »pschsch«, wobei ihm der Speichel von den Lippen troff. Aus Neid, vor Bewunderung. Und bei jeder geförderten Schaufel trat er einen Schritt zurück. In seinem unsympathischen Gehirn geisterte etwas von »schönes Kleidi nicht schmutzig machen dürfen«. Die beiden Mädchen sahen ihn nicht an, und der Tapfere schon gar nicht.

Da tauchte das Fräulein des Rebellen auf. Zuerst hörte man es. Eine Wolke von atemlosen, teils keifenden und pfeifenden, teils schrill weinerlichen Scheltworten flog vor ihr her, der zwar geschlitzte, aber enge Rock hinderte sie, aber in etwa einer halben Minute mußte alles zu Ende sein! Auch der Rebell wußte das. In einer halben Minute war auch er herausgefischt, gehaut, ermahnt, bedroht … wieder ein kleiner Bub, gepeinigt von Wohlerzogenheit und Sich-brav-stellen-müssen. Jetzt hieß es, das Letzte aus der Situation herauszuholen. Er richtete sich ruhig auf und schlug seine drei Bewunderer mit der tropfenden Schaufel auf die Köpfe. Hell und blechern klang es durch den kargen Frühlingsvormittag. Tick! Tuck! Tock! Die kleine Blonde zuckte unter dem kleinen Schaufelhieb zusammen, schloß für einen Augenblick krampfhaft die Augen und strahlte dann den Schlagenden himmelblau und verschwiegen an. Es war ein Blick fürs Leben. Und sie weinte nicht. Die Schwarze erhielt den »Tuck«-Schlag. Sie senkte das Köpfchen unter der Schaufel, so als erhielte sie die bräutliche Myrtenkrone daraufgedrückt. Dann sah sie ihn ruhig an, prüfend, ernst, nicht beleidigt. Sie sagte »o. k.« mit den Augen. Auch sie weinte nicht. Der dumme Semmelbub, der den »Tock«-Schlag empfing, ja, der wollte weinen. Schon bleckte er verwackelte Milchzähne, schon schob er die schlaffe, blasse Unterlippe vor … da sahen ihn die Schwarze und die Blonde an. Da weinte auch er nicht, sah nur mit einer gewissen Schadenfreude nach dem Rebellen-Fräulein, das jetzt zischend, japsend und jammernd auf hochstöckligen, blauen Sämischschuhen die Planke als letztes Hindernis nahm …

Das Fräulein weinte, fluchte, putzte, gurgelte, pfauchte. Eine Sirene des Vorwurfs, ein Nebelhorn der Entrüstung, eine Posaune der Ermahnung. Der Rebell aber sah sie nicht an, seine Augen waren noch dunkler geworden, er hielt damit die kleinen Mäderln im Banne, auf daß keine zu lachen wage … Die hätten es auch so nicht getan. Und als das Fräulein ihn nach alter Sitte mit der Linken am Oberarm packte, um mit dem weitausgestreckten rechten Arm sein kleines, sündiges Gesäß erreichen zu können, da bog er sich nicht hohl wie ein Croquetbogen, um den Schlägen auszuweichen. Er ließ sich hauen, warf nur die Schaufel über die Schulter, über die Planke, mitten in die schöne Lacke hinein.

Der dicke, dumme Semmelbub wühlte johlend mit der Schuhspitze in dem reichlich aufgehäuften Schlamm, den der Rebell im Schweiße seines Angesichtes gefördert hatte. Er wollte nun, da das Feld frei war, sich den Damen seinerseits als Held zeigen. Die kehrten ihm den Rücken.

So sahen sie, bräutliche Mägde, trauernde Schwestern, dem Rebellen nach …

Der wird später mit Stieren jonglieren, Güterzüge zum Entgleisen bringen und ganze Waggons abschleppen und veruntreuen. Und die Blonde wird seine Frau werden und die Schwarze seine Freundin. Bis der dicke Semmelbub das Ganze in die Hand nehmen wird. Er wird den Rebellen als leitenden Direktor engagieren und ihm eine bescheidene Summe auszahlen lassen, bis sich der Rebell beruhigt haben wird …

Die Semmelbuben sind schon so …

Kleiner Marathonläufer

Der kleine Bub rennt, rennt, rennt …

Er ist böse dran, und die Angst, die er in sich trägt, ist zehnmal größer als er selbst.

Die Großen, um deren Knie er scharfe Bögen macht und deren Mantelzipfel seine Schultern streifen, haben gar keine Ahnung, wie ihm zumute ist. Viele von den Erwachsenen, deren manche ihm nachknurren oder entgegenlächeln, werden vielleicht heute auch zu spät kommen. Aber selbst der böseste Bureauvorstand kann nicht so schauen wie der Herr Lehrer. Und die Großen werden sich heute an höchstens einem halben Dutzend schadenfroher Bureaukollegen vorbeizudrücken haben …

Nach ihm aber, dem Kleinsten und Schwächsten der Hastenden und doch schon zum Zuspätkommen-Verdammten, werden sich 56 Schulbuben umdrehen, und ein gedämpftes »Uh!« wird durch die Klasse gehen! Weil er in dieser Woche schon das dritte Mal zu spät kommem wird.

Er rennt verzweifelt. Den Kopf hat er zurückgeworfen, der scharfe, kühle Gegenwind hat die Augen mit Wasser vollaufen lassen, die Augen tränen, auch die Nase tränt und müßte geputzt werden. Aber er hat keine Zeit. Und er will auch nicht hinunterschauen, er fühlt, wie seine groben schwarzen Strümpfe gleiten, wie ihm das gelöste Schuhband um den Knöchel schlägt. Er hat solche Angst vor dem Ausrutschen. Er kann sich den Fuß brechen, und in manchen Sekunden wünscht er sich das beinahe … Aber er hat keine Zeit, das Schuhband zu knoten, seine kleinen schmutzigen Finger zittern, wiewohl sie von der Morgenkälte steif sind. Und im Vorbeisausen sieht er – halb unbewußt – nach den großen schwarzen Zeigern der Turmuhr. Nach dem kleinen Zeiger traut er sich gar nicht zu blinzeln, der steht schon auf acht. Und der große Zeiger schließt mit der Zahl Zwölf nur mehr einen ganz kleinen Winkel ein …

Und dann kommt die kleine Greislerei, aus deren Türe immer der alte dumme Hund fährt, der die Schüler der »III a« nicht ausstehen kann. Um zwölf oder ein Uhr rufen sie dem Hund immer ein »Rff-Rff!« zu, da sind sie in Gruppen. Und der alte Hund bellt, halb bereitwillig, halb geärgert. Jetzt aber ist der arme, kleine Läufer allein, und der Hund wartet schon an der Türe und schaut so, als wollte er sich rächen. Der Läufer hat Angst. Und da, wie der Hund plump vorspringt und aus heiserem Kropfe gerade zu gröhlen anheben will, reißt der Kleine in Verzweiflung einen scharfen Haken, springt für eine Sekunde vom Trottoir! Fast streift ihn der Kotflügel eines Autos, der Chauffeur bremst ab, schimpft, tut so, als wollte er aussteigen, ihm nach …!

Der kleine Bub bleibt nicht stehen, aus tausend Gründen nicht. Er weiß gar nicht, welcher doppelten Gefahr er da entgangen ist, er hat seine große, große Angst. Das lockere Blechschloß der Schultasche hat sich geöffnet, er hört das leise Klingen auf dem Rücken, im Federkasten rasseln Bleistifte und der zerkaute Federhalter, und der Atem rasselt auch. Und jetzt saust er auf seinen dünnen, zitternden Beinen an der Auslage des Uhrmachers vorbei, in deren Mitte die dicke grüne Uhr steht. Die dicke grüne

Uhr hat einen kugelförmigen Bauch aus einem gefleckten Stein, und ihre Zeiger sind kurz, dick, golden. Der Winkel zwischen der Zwölf und der Spitze des großen Zeigers ist so klein geworden, so klein … Klein und schmal wie die Augen des kleinen Buben, er kneift sie vor Angst zusammen. Auch wegen des Windes …

Und an der nächsten Ecke fliegt der Federkasten aus der Schultasche, er hat obenauf gelegen. Und der Deckel fährt aus der Rinne, und Federhalter, Bleistift, alles, rollt, klappert, rasselt auf das feuchte Trottoir. Federhalter und Bleistift erwischt er noch, bevor sie über den Rand des Steiges gerollt sind, er hat sich fast auf den Bauch geworfen. Aber die blaue, blecherne Federbüchse ist aufgegangen – warum hat er auch gestern an ihr herumbissen, jetzt hält der Deckel nimmer –, und die drei Federn liegen in der Rinne zwischen Trottoir und Straßenrand. Die verrostete Feder liegt natürlich obenauf, die »gesprargelte« liegt in der Ritze zwischen zwei Steinen …

Aber die schöne, goldene, neue, ganz, ganz ungebrauchte Feder ist weg. Er hat jetzt keine Zeit, sie zu suchen. Jetzt weint er wirklich …

Aber vielleicht ist es noch nicht zu spät? Es ist eine kindische Hoffnung, aber der, der sie hegt, ist ja auch noch ein Kind. Vielleicht gehen die schwarzen und die goldenen Zeiger falsch? Und der hagere, große Herr, der eben vorübereilt, hört von unten irgend ein Stammeln, sieht ein rotes, schmutziges, schweißnasses Kleinbubengesicht, mit angstgeweiteten Fischaugen und nassem Karpfenmund …

»Kannst denn du nicht zuerst grüßen?« O ja, der kleine Bub kann grüßen, aber er ist zu aufgeregt! Und dann sagt der große Herr noch etwas von »unerzogener Lausbub« und geht weiter. Ohne ihm den Wunsch erfüllt zu haben.

Aber da kommt ein viel kleinerer, viel dickerer und daher netterer Herr mit grauem Spitzbart. Jetzt fliegt die dicke Wollkappe von dem runden Bubenschädel, und es gibt eine komische, sehr eckige, ganz tiefe Verbeugung für den kleinen, dicken, netten Herrn. Und der bleibt sorgfältig stehen, lächelt, winkt mit den Spitzbart: »Ah, wie viel Uhr es ist? Hast du Angst, daß du zu spät kommst, was? Ja, da werden wir halt nachschauen ...« Und er ist um vierzig Jahr älter und muß erst um halb neun im Bureau sein und ist daher ruhiger und zieht sorgfältig den linken Handschuh aus. Er weiß nicht, was der Kleine da unten indes durchmacht. Kostbare Sekunden-Ewigkeiten vergehen, bis der mittlere Knopf des Überrockes geöffnet ist. Die Hand taucht unter, nicht zu schnell, nicht zu langsam. Dann ergibt sich eine kleine Stockung, denn unter dem Überrock ist auch noch der eigentliche Rock aufzuknöpfen, und das ist gar nicht so leicht. Der kleine Bub tritt von einem Fuß auf den anderen, keucht, schwitzt, weint. Endlich findet der nette Herr die Westentasche, holt vorsichtig ein kleines Rohlederkästchen heraus. Zieht die Uhr heraus, eine schöne, gediegene Familien-Golduhr, läßt den Deckel melodisch aufspringen, hält die Uhr dem Kleinen vor die schmutzige Nase. »So! Nun, wie spät ist es? Aber, aber, so ein großer Bub wird doch die Uhr schon kennen?« Und schmunzelt verzeihend. Der »große Bub« möchte auch gerne verzeihend schmunzeln, das wird er aber erst in vierzig Jahren können. Er will »Danke« sagen. Es würde wie ein gebrülltes »Danke« klingen, aber er hat gar keinen Atem mehr. Er pfaucht irgend etwas, seine Abschiedsverbeugung reißt ihn fast um, er beginnt wieder zu rennen, zu rennen, zu rennen …

Die Türe des Klassenzimmers ist schon geschlossen. Nur die Stimme des Lehrers klingt heraus.

Sie konnten zusammen nicht kommen

Der Bulldogg sass im Park und ließ sich die lauwarmen Strahlen der letzten Herbstsonne über die breite Brust rieseln. Er war ein stattlicher, kräftiger, gelbbrauner Bulldogg und hätte wohl einen Anspruch darauf erheben können, bei der Hundeausstellung zumindest lobend erwähnt zu werden. Wunderbar krumm und kräftig waren seine Vorderbeine, wunderbar breit – fast so breit wie ein Brustkasten – war sein klobiger Schädel. Das Schönste und Bulldoggigste aber war sein Maul, das, unter einem Gewirr von Falten, von den schönen, schwarzen Fleischfransen der Lefzen eingesäumt, rot und sperrangelweit klaffte.

Er lächelte. Nur Bulldoggen können so lächeln, so gesamterfassend und wirklich gutmütig. Denn sie sind viel, viel besser als ihr Ruf, menschenfreundlich, gesprächig und anpassungsfähig. (Solange sie nicht dressiert und geschärft sind.) Der Bulldogg saß auf der Erde, zwichen den Knien seines Herrn, den Rücken diesem zugewendet. Der Herr streichelte und kraulte ihm den Schädel und die faltenreiche Stirn und sagte, halblaut und in wohlwollendem Hundeton: »Ja, der Jimmy geht spazieren. Jetzt darf der Jimmy nicht herumlaufen, aber nachmittag fahren wir hinaus, da wird der Jimmy sich auslaufen und das Steinderl fangen! Braver Jimmy, ja?« Da freute sich der Bulldogg Jimmy auf den Nachmittag und wedelte, was ihm sehr schwerfiel ... Denn erstens war sein Schweif selbst für einen Bulldogg sehr kurz, zweitens saß er auf dem Schweif. Aber er meinte es ehrlich und genoß den Herbsttag. Auf der Bank gegenüber saß das kleine Kind. Oder richtiger, es stand zwischen den Knien seines Kinderfräuleins, den Rücken mit Recht dem Fräulein zugewendet. Es war ein sehr hübsches, sehr gepflegtes, sichtlich sehr »besseres« Kind und trug ein sehr schönes Kleidchen, ein Röckchen, denn es war noch in dem schönen Alter, da man noch nicht soviel Wert darauf legt, das Geschlecht in der Kleidung zum Ausdruck zu bringen. Seine Augen waren schön braun, ungemein groß, rund und glänzend und ungeheuer neugierig. Sein Kinderfräulein war nicht dümmer als andere Kinderfräuleins, sicher aber sehr pflichtbewußt, fleißig und gesprächig. Es hielt das Kind an seiner kleinen, schmalen, warmen Schulter fest und kämmte es, mechanisch und regelmäßig, wiewohl das Haar des Kindes ohnehin schon wie Goldseide strahlte und sich zu Wölkchen aufpuffte. Dabei erzählte das Kinderfräulein einem anderen Kinderfräulein, das neben ihm saß, irgendeine ehrenrührige Anekdote von seiner »Herrschaft«. Fühlte aber dennoch, daß es zugleich das Kind – das ohnehin im bereits feuchten Sand nicht spielen durfte – unterhalten müsse. Darum sprach das Kinderfräulein immer einen erzählenden Satz zu der Kollegin, einen warnenden oder erklärenden Satz zum Kinde, immer abwechselnd. Und das hörte sich so an: »Und da hat mir die Gnädige gesagt – siehst du das böse Hundi dort drüben – sprechen Sie mit dem Herrn, ich kann nichts machen – schau, was er für ein Maul hat – sag ich zum Herrn: Sie werden doch verstehen, gnädiger Herr – sei brav und laß dich schön kämmen – seit drei Monaten haben Sie mir Lohnzulage versprochen – sonst kommt das Hundi und beißt dich – sagt der

Herr, jetzt nicht, aber nächste Woche – frißt das Hundi schlimme Kinder.« So sprach das Fräulein, schnatternd, blechern, aber wohlmeinend und sehr in Anspruch genommen. Das Kind aber hörte nicht zu, es kokettierte zum Bulldogg hinüber, und der lächelte zurück. Sie liebten einander, so wie eben nur einfache, naturnahe Wesen einander lieben. Das Kind fühlte etwa: »Hundi lieb«. Der Bulldogg fühlte zurück: »Kind fein«. Dann dachte wieder das Kind: »Hundi pielen!« Und der Bulldogg: »Spielen mit Kind und mit Stein!« Und das Kind hatte den Eindruck, der Herr des Bulldoggs sei so etwas wie ein Kinderfräulein und erlaube dem Bulldogg nicht, im Sande zu spielen, auf daß sich der Hund nicht das schöne neue Fell schmutzig mache.

Der Bulldogg aber dachte, das Kind dürfe keinen Stein in den Mund nehmen und auch nicht daran nagen, sondern erst nachmittags, weil das Frauerl – das Fräulein – des Kindes ihm das jetzt nicht erlaube. Sie bedauerten einander und fühlten sich sehr verwandt. Und das Kind spitzte den Mund und lockte den Hund mit Schnalzlauten oder versuchte zumindest, solche hervorzubringen. Der Bulldogg aber grinste immer stärker, blinzelte, daß ihm die Augen tränten, und lechzte. Er wäre für sein Leben gerne hinübergekommen. Das Kind warf sich nach vorne, ganz schräg hing es, aber das Fräulein hielt es unbewußt fest. Der Bulldogg wogte und zuckte mit den mächtigen Muskeln seiner Schenkel, blies sich voll Luft und straffte die Vorderbeine, kannte aber seine Pflicht und beherrschte sich. Einstweilen hatte das andere Kinderfräulein die Pointe zur Kenntnis genommen und war gegangen. Nunmehr hatte das erste Kinderfräulein so recht Zeit, sich mit seinem Pflegling zu befassen. Kämmte das Kleine sehr heftig, beugte sich zu ihm hernieder und erzählte eifrig: »Es war einmal ein böser, böser Bulldogg. Und dann war einmal ein schlimmes, schlimmes, dummes Kind, das hat sich nicht kämmen lassen und hat dem armen Fräulein nicht gefolgt. Da hat der böse Bulldogg das böse Kind gebissen und in sein großes Maul genommen und weggetragen, zur Hexe. Und die Hexe hat das Kind aufgegessen. Und da haben der Pappi und die Mutti sooo geweint, und der Wachmann hat das arme Fräulein eingesperrt, und da hat das arme Fräulein sooo schrecklich Hunger gehabt und auch geweint!« So ging das Märchen, und es war auch zum Weinen. Das Kind scherte sich nicht darum. Der Bulldogg hörte mit scharfem Hundeohr, daß drüben das Wort »Bulldogg« fiel, begriff, daß von ihm die Rede war und wurde noch freundlicher. Dann warf das Kind – schlimm wie es war – seine Ärmchen nach vorne und jauchzte dem Hund entgegen. Auch der Bulldogg jauchzte und bäumte sich, daß sein Halsband sich knirschend spannte. Und dem Kinde und dem Hunde floß Speichel aus dem Mund, vor Entzücken und Sympathie! Worauf der Bulldogg sich endgültig losriß und sich blitzschnell, fast auf dem Bauche, zu dem Kleinen hinüberschlängelte, um es zu küssen. Seine Leine schlängelte sich wie eine schwarze Kobra aus Leder hinter ihm her, sein mächtiger Schädel flog und pendelte, das Maul schnappte vor Wohlwollen. Da hatte das aufquietschende Kinderfräulein schon das Kind an sich gerissen, wehrte den Bulldogg, keifend, schnatternd, gackernd, kreischend ab. Der Bulldogg aber sprang immer an dem dummen Frauenzimmer hoch, wollte dem Kinde, das vor Vergnügen jubelte, zumindest etwas ins Ohr sagen. Das Fräulein kämpfte mit Füßen und Schirm. Da war schon längst der Herr des Bulldoggs da, packte den Hund übertrieben heftig am Halsband und schlug ihn zweimal leicht – nur so pro forma – mit der Schlinge der Leine.

Fast gleichzeitig erschien ein Wachmann. Die Amtshandlung war kurz und herzlich. Denn es war ein abgeklärter und ruhiger Wachmann, der selbst zwei kleine Kinder zuhause hatte. Und einen Hund in der Schreberhütte. Und der Wachmann kannte den Bulldogg-Inhaber seit Jahren, denn er war in diesem Park Stammsitzer und der Bulldogg ein außerordentlich freundliches und kinderliebes Tier. So wurde das Fräulein mit mittelbarscher Stimme zur Ruhe verwiesen, und der Herr kam mit einem leichten Maulkorb-Verweis davon. Er zog, mit leicht gefurchter Stirn, den Bulldogg hinter sich her. Und das gerötete und noch immer hochatmende Kinderfräulein schleppte das mißlaunige Kleine nach der anderen Seite fort. Beide, Bulldogg und Kind, drehten und wanden sich, warfen die Köpfe über die Schultern zurück. Und im letzten Augenblick gelang es dem Kind, mit den Fingerspitzen seiner kleinen, feuchten Hand die äußerste Schwanzspitze des Bulldoggs zu streicheln. Nur für den Bruchteil einer Sekunde: Dabei rief es »Hundi«. Das Hundi aber – es war um ein gutes Stück größer und schwerer als das Kind – gluckste und grunzte gleichzeitig. Es war ein eigenartiger Laut, aber voll tröstender Zuversicht. Es hieß ungefähr: »Komm bald wieder! Ich bin täglich da«.

Der Foxl Derry

Derry hatte die vorschriftsmässigen Vorderbeine: aus Holz, mit Lämmerfell überzogen.

Und das vorschriftsmäßige Profil: griechisch. Seinen sorgsam coupierten Schweif trug er vorschriftsmäßig, leicht kipfelförmig aufwärts gekrümmt. War eben ein echter Rauhaarfoxl, acht Wochen alt. Ein Hundejahr entspricht sieben Menschenjahren. Also war Derry ein Jahr alt. Ein Kindlein, was wollt ihr …

Aber das Kindlein sollte springen. Das tat es ohnehin gern. Übte tagsüber genug schöne Wendesprünge und halbe Saltos auf den großen Teppichen, sprang über seinen eigenen Schatten, kühn sich abstoßend, Vorderbeine abgewinkelt wie ein Rennpferd. Oder tigerartig seinem – wiederum eigenen Schatten – ins Gesicht. Nach unten, wie ein Rauhaartiger auf seine Beute. Aber jetzt war Besuch da. Derrys hübsches junges Frauerl hatte Besuch. Sie führte den seltenen karolingischen Namen Fredegund und war auch sonst eine Romantikerin. Und da sie keine Kinder hatte, führte sie eben Derry vor. Der Besuch hatte wunderbare Bügelfalten und beugte sich fingerschnalzend zu Derry hinunter. Gerade, daß er Derry nicht fragte: »Ja, wie heißt du denn?« Die Menschen benahmen sich eben wie Erwachsene.

»Derry, mach schön hoppi?!« Das war mehr eine Frage, ein Engagementsantrag, denn ein Befehl. Und das Stöckchen, daß Fredegund etwa zehn Zentimeter über den Boden hielt, war eine Lächerlichkeit. Das nahm man zweimal. Aber vor diesen wildfremden Bügelfalten? Derry fühlte einen Augenblick lang das, was wir Menschen fühlen, wenn man von uns verlangt, wir sollten jemandem den »Wurstl abgeben«. Dann setzte er sich auf sein kleines Hinterteil, legte den griechischen kleinen Schädel schief und sah aus wie der Foxl auf den »His Master's Voice«-Platten. Bei der Garbo hätte man sich mit dieser Leistung begnügt. Aber ein Mann muß nicht nur »aussehen«, er muß »ringen«. »Derry, no, schön hoppi-hoppi!« Das klang etwa wie: »Bitte, blamier mich nicht, mir zuliebe, deiner Fredegund!« Jetzt wich Derry langsam zurück, rückwärts watschelnd, als wollte er einen Anlauf nehmen. Viele, viele kleine Schritte. »Ein reizendes Hunderl. Der geborene Komiker!« Der Bügelfaltenmensch wurde ganz rot im tadellos rasierten Gesicht, so sehr beugte er sich aus seinem Lederfauteuil vor. Auch Fredegund errötete ganz leicht, ihr war wie einer Mutter, die soeben vernommen hat: »Das Kind ist schauspielerisch fabelhaft begabt. Der zukünftige Girardi!«

Der zukünftige Girardi war so weit zurückgewichen, daß er seinen kleinen Kipfelschweif an die Tür stieß. Da ging er in sein Körberl, beim Kamin, gewissermaßen auf Urlaub, nach der anstrengenden Saison. Aber Fredegund schritt wiegend zum Kamin, nahm Derry beim Rockkragen und trug ihn zum Startplatz. »Also, jetzt spring schön, Derry!« Diesmal wurde das Stöckchen etwas höher gehalten. Derry nahm seine Zuflucht zu flacher Konversation. Er richtete sich auf, legte die linke Hand zierlich auf die Armlehne von Fredegunds Fauteuil, ließ die rechte Hand lässig hängen wie Adolphe Menjou und bemerkte: »Sie sehen heute wieder entzückend aus, Gnädigste!« Dann schlug er die Augen auf, sah angestrengt zur Zimmerdecke und meinte leichthin: »Dort oben fliegen viele Fliegi-Fliegi!« Nein, oben waren keine Fliegi, die sind im November schon fort. Dann roch er zu den tadellosen Bügelfalten, schwenkte höflich den Kipfelschwanz und scharmierte: »Der Herr haben ein fabelhaftes Parfüm!« Lauter Verlegenheitsphrasen natürlich, noch dazu pantomimisch. »Also wirst du jetzt endlich springen, du ungezogener Hund!« Fredegund biß sich auf die hübsche kurze Unterlippe und gab Derry einen leichten Klapps, dort etwa, wo Pferde die »Croupe« tragen. Derry wurde blutrot.

Hätte er einen Smoking angehabt, er hätte die Faust in der Smokingtasche geballt, wie ein Kavalier, der von der Hand der geliebten Frau gezüchtigt wird. Vor dem Nebenbuhler. Nun stand Mann gegen Mann. Derry begann wirklich zu springen. Zunächst über das Stöckchen. Hipps! Hopps! Hipps! Hopps! Die Luft pfiff ihm um die Ohren, das Beifallsgelächter Fredegunds und des Nebenbuhlers, das erst spöttisch klang, wurde anerkennend, bewundernd, zuletzt ängstlich. Der Hund hatte die Springkrankheit! Eine neue Art der Tarantella, hervorgerufen durch gekränkte Eitelkeit. Derry aber sprang immer weiter, zehn-, zwanzigmal, immer über das Stöckchen, zwischen den Knien der beiden Menschen durch, prallte gegen den dünnen Fuß des Rauchtischchens. Das Tischchen fiel um, die kristallene Aschenschale, die darauf stand, war nur von Tante Griseldis. Derry hörte den leisen Aufschrei seiner Herrin kaum, er mußte jetzt auch ein Hindernisrennen veranstalten. Immer um den Tisch im Salon herum, Ringelspiel. Einmal, zweimal, viermal, achtmal ... in großen, ganz unhündischen Sätzen, mit fast zugekniffenen Augen. Nahm im Vorbeirasen einen Zipfel der befransten Tischdecke in den Mund, rannte weiter, die Tischdecke folgte halb unwillig, auf dem Tisch stand ein Aufsatz mit Orangen und Datteln. Der Aufsatz war zum Glück aus Bronze, die Datteln blieben liegen, wo sie hinfielen, Orangen rollen aber. Ein Hindernisläufer kann auch einen sogenannten Gepäckmarsch riskieren. Derry holte sich blitzgeschwind eines der vielen Kissen von der Couch. Ein königblaues. Schleifte es im Triumph durchs Zimmer. Fredegund trug französische, hohe Absätze, sie kam nicht so schnell nach, der Bügelfaltenmensch war ungeschickt und ein wenig korpulent. Der königsblaue Kissenüberzug war aber ein wenig morsch, er riß unter Derrys kleinen Nadelzähnen, und die Federn bezeichneten flatternd Derrys Weg durch den Salon. Derry ließ den Kissenleichnam liegen und sprang wieder. Mit beiden Vorderbeinen gegen eine kleine Säule in der Salonecke. Die Säule wackelte. Auch die bauchige Satsumavase, die oben balancierte, wackelte. War ein kostbares Stück, pfauenblau und smaragdgrün. Derry rettete sich durch einen Sprung. Wer möchte Satsuma auf den Schädel bekommen? Längst klang Fredegunds Kreischen weinerlich. Der Besuch gurgelte etwas von »Tollwut«. Ja, das war es wohl. Noch einmal sprang Derry. Den Sprung des gekränkten Tigers. Gegen die Hosenfalten, die ihr Besitzer nicht schnell genug aufs Fauteuil hinaufziehen konnte. Faßte den Aufschlag mit Entschlossenheit und schwang sich im Halbkreis um das Menschenbein. Rrrtsch! Jetzt war die linke Hosenfalte offen, bis zur Mitte des Schienbeins. Dann gab es Derry auf und glitschte unter die Couch …

Als Fredegund den lang nicht mehr so kavaliersmäßigen – fast möchte man sagen fluchenden Besuch – unter tausend Entschuldigungen förmlich händeringend hinauskomplementiert hatte, fand sie im Salon Scherben und Kissenfüllung, Orangen und Siegerstimmung. Derry lag mit heraushängender Rosenzunge hochatmend auf der Couch, sozusagen die Pfote auf das hochklopfende Herz gepreßt. In seinem Kindergesicht stand ein wissender Zug, irgendetwas um die Maulwinkel zeigte an, daß Derry zum Manne gereift war. Durchgekämpft.

»Derry, was soll nur aus dir werden?« In Fredegundes Stimme klang verebbender Zorn, Angst, Reue, Bewunderung … Hier unterwarf sich ein Weib dem Sieger.

»Ein Rauhaarfoxl«, sagte Derry. Am liebsten hätte er hinzugefügt: »Und jetzt bring mir einen Kognak!«

Mein Hund

Mir tat ein Wachhund gar bitter not.

Solch ein Geschöpf, das wie eine Mauer vor einem steht, und in dessen Schatten man sich geruhig zum Pazifisten ausbilden kann. Wenn meine Linda mit mir ist, fürchte ich mich ja nicht. Meine Linda wiegt 88 Kilogramm, das sind (in Kleidern) 176 Goldpfund, und mit Linda traue ich mich in die verrufensten Viertel. Aber jetzt ist Linda verlobt und kann schließlich nicht Tag und Nacht um mich sein.

Schon öfters waren mir die wuchtigen Annoncen des Hundezwingers »Edelbiß« aufgefallen!

Der Hundezwinger lag vor der Stadt, ein graublaues, schön lackiertes Gitter umgab das gewaltige Areal. Vor dem Gittertor gab mir ein junger Bernhardiner mit hängenden Lefzen seine gute, breite, weiche, vertrauenserweckende Pfote, und zwei ein wenig feminine Pekinesen begleiteten mich unter dünnem, aber höflichem Gebell in servilem Trippelschritt nach dem Direktionsbüro.

Aber auch der Herr Direktor war ein Hund. Ein ältlicher, aber wohlgepflegter Bulldogg, dem schwere Stirnfalten bis in die Augen wuchteten. Er sprach das Menschliche guttural, aber fließend und tat, der Überlastete, mir zu Ehren so, als hätte er Stunden müßig zu verknurren. Die Hausordnung des Hundezwingers »Edelbiß« vereinte in sich die zwei modernsten Ideale: kollektive Selbstverwaltung bei Gewährleistung absoluter Rassereinheit. Nach einigen Minuten höflichen Geplauders berührte der

Herr Direktor diskret gesprächsweise den Grund meines Kommens und bellte zweimal wie eine Orgel. Zu dem eintretenden, in fünfundzwanzigjähriger Dienstzeit krumm und braun gewordenen Dackel sprach er halblaut: »Ich lasse Herrn Gerhart bitten, Gruppe Maularbeiter, Zwinger 3a.«

Dann wandte er sich liebenswürdig an mich: »Sie werden uns nicht unbefriedigt verlassen.«

Gerhart stand in der Portiere des Chefzimmers und leckte sich die Lippen. Spitze intelligente Ohren, herzensgutes schwarzes Gesicht, pflichtdurchdrungene Beine, ein treuer breiter Brustkasten, die ganze Erscheinung von einem angenehmen Semmelblond.

»Fürchte dich nicht! Denn ich bin der echte deutsche Boxer, reell, unerschrocken und vielseitig. Ich habe gerade das richtige Format zwischen einer Füllfeder und einem zweisitzigen Tourenwagen, und mein semmelgelbes Fell paßt vorzüglich zu Ihren modernen Möbeln aus rotem Schleiflack. Sollten Sie Semmelgelb nicht lieben, so werde ich auch noch mit einem leichten Dessin, als sogenannter geströmter Boxer, lagernd gehalten …

Der Linie nach, mein Herr, bin ich Bulldogg, doch ich vereine die Stoßkraft des Dobermanns mit der Heimtücke der Dogge und der Zähigkeit des Grislibären.«

»Schlafen Sie ruhig, denn ich wache für Sie! Der deutsche Boxer kennt keine Nerven, sondern bloß Pflichterfüllung. Ich rieche, höre, wittere alles. Der deutsche Boxer im Hause erspart den Zeileis. Es ist unmöglich, von mir nicht gebissen zu werden, ich bin der Wallace unter den Hunden. Ich habe nichts in Heidelberg verloren, ich bleibe im Hause, und Sie nähren mich redlich, Ihr Heim ist meine Welt und sonst gar nichts. Sollte ich doch einmal verschlafen haben, so bin ich einzig im ›Zur-Strecke-Bringen‹ des Einbrechers …

Meine Gehaltsansprüche sind bescheiden, und obzwar ich (hier wurde seine Stimme außerdienstlich und fast hündisch) persönlich frisches Geflügel vorziehe, erlaube ich mir, Sie darauf aufmerksam zu machen, daß unser Zwinger Hundekuchen aller Qualitäten zu Originalpreisen auf Lager hält. Bei Abnahme eines Waggons Hundekuchen ein Hund gratis.

Trotz meiner unleugbaren kriminalistischen Fähigkeiten bin ich ein liebenswürdiger Plauderer und der liebste Spielgefährte Ihrer Kinder. Ich teile jeden Bissen mit den Kleinen. Haben Sie Kinder? Haben Sie einen Teich im Park? Dann werfen Sie die Kinder in denselben, ich rette sie mit fast hundertprozentiger Sicherheit.

Auch Ihre Frau Gemahlin wird von mir entzückt sein. Ich folge ihr in die Konditorei, zum Fleischer, überall hin, ich hefte mich an ihre Fersen und schütze sie. Ich, der deutsche Boxer, das Sinnbild der Treue, hasse den Ehebruch und verbelle die Sünderin. Wenn sie auf einen Baum flüchtet, warte ich unten so lange, bis sie vor Hunger herunterfällt oder bis die Polizei zur Stelle ist.

Ich werde auf Wunsch auch in Raten geliefert, doch werde ich der Einfachheit halber bei Erlag der ersten Rate dem Käufer sofort zugestellt. Hundekuchen, Halsband und Nummerntafel werden separat berechnet. Deutsche, kauft deutsche Boxer!!!«

Ich ging mit ein paar knappen Dankesworten, Hut,

Stock, Handschuhe und Überzieher in der Obhut des wedelnden Gerhart lassend.

Der Bernhardiner vor dem Tore wedelte noch immer.

Das war am letzten Montag, und ich kann mich noch immer nicht entschließen, Direktor Bulldogg Gerharts wegen anzubellen.

Hunde aller Länder, hütet euch vor der Überorganisation!

2

Öffentliche Geheimnisse

Was gefällt Ihnen am besten am Mai

Hochverehrte Redaktion!

Resigniert ergreife ich die Schreibmaschine, um das von Ihnen aufgeworfene Problem zurückzuwerfen. Ich weiß ja recht wohl, daß meine paar armseligen Zeilen einen Jahrtausende alten Irrtum nicht im mindesten benagen können. Aber nachdem sich Ihre Rundfrage an alle Maierleber richtet, sei es mir vergönnt, auch meinerseits Stellung zu nehmen.

Der Mai ist eine traditionelle Falschmeldung, eine tiefeingewurzelte Massensuggestion. Der Mai ist ein Hochstapler, ein Flaneur, der die Ehren einheimst, die anderen Monaten zukommen. Die Metereologen mögen sich einmal mit dem Problem befassen. Man lasse einmal den Mai unmittelbar auf den Februar folgen! Das wird direkt eine kosmische Blamage! Wie singen die Kindlein?

Komm, lieber Mai, und mache
Die Bäume wieder grün!
Und laß uns an dem Bache
Die kleinen Veilchen blühn!

Kindern kann man solch eine herzige Dummheit ja schließlich verzeihen! In Wirklichkeit ist der Mai nur etwa ein strahlender, nicht allzu fest fundierter Generaldirektor, der seine Unterschrift gnädigst erteilt, nachdem zwei tüchtige, zähe und gewandte Vertreter die Firma – in diesem Falle Mutter Natur – zwei Monate lang bearbeitet haben! Da kommt der März. Er hat sich noch schnell die

Pelzkappe ausgeliehen, denn gar so warm wird er nicht werden. Und dann wirft sich der März auf den hartgefrorenen Boden und gräbt mit seinen braven alten ehrlichen Maulwurfschaufeln. Wühlt die Erde auf. Alles oder vielmehr die Hauptarbeit macht er selbst. Er ist ein bescheidener, ein wenig unbeholfener Zeitgenosse, auf den nur die Kleinen hören. Viel herumkommandieren darf er nicht. Die Sonne darf er nur auf »schwach« stellen, sonst kommen alle Knospen zu früh heraus. Er rüttelt die Schneeglöckchen am Arm, die strecken gähnend die Kelche aus dem Boden, sagen: »Hua, wie kalt!« und lassen sich lieber pflücken. Dann weckt der März die Maulwürfe und Engerlinge. Die Hauptarbeit aber beginnt erst. Der März zerlegt den Schnee durch ein Sonderverfahren in Schneewasser und Hoffnung. Das Schneewasser planscht er eigenhändig zu allem Wurzelwerk hin, damit sich alles recht, recht vollsaugen kann. Und dann geht er, der März. Ein braver, absolut verläßlicher, nur ein bißchen altmodischer Gärtner. Man sieht's der Erde nicht an, was er aus ihr gemacht hat. Und die Menschen? Sie schnuppern zu den tropfenden Dachrinnen empor, an deren Rändern feuchte Spatzen tschirpen und knurren: »Wenn nur dieser lausige Vorfrühling schon vorbei wäre!«

Auf den März folgt nicht direkt der April, sondern die Grippe. Dann erst kommt der eigentliche April. Ein unerträglicher Neurastheniker, der nicht einmal selbst weiß, was er will. Oder doch. Er will die Menschen zum Narren halten. Zunächst einmal läßt er es drei oder vier Tage schön warm sein und nach Frühling riechen. Einzelne Dummköpfe erscheinen mit lichten Leinengamaschen im

Bureau. Jetzt macht der April »Haha« und dreht die Leitung mit dem sorgfältig eisgekühlten Regenwasser auf. Die Menschen schimpfen, der April ist wie jeder Hysteriker gleich beleidigt und sagt: »Bitte schön, ich kann auch anders!« Es wird schneidend kalt. »Portion Jänner gefällig?« Der April probiert und gastiert dreißig Tage lang, ob sich blauer oder grauer Himmel zu gelbgrünem Gras besser macht. Er probiert so lange, bis er gehen muß. Aber ein Gutes hat er und tut er. Ein paar schöne Tage streut er immer ein, damit die Knospen und Wurzeln, die sich vorhin vollgesoffen haben, ein wenig Vertrauen bekommen. Hingegen mißlingt dem April sein lächerlich-durchsichtiges Manöver mit der Badesaison. Er kräuselt blaugrünes Teichwasser zu leichten Wellchen, die ganz nach Juli aussehen. Aber selten fällt wer hinein. Und die Naturheiler und »Verkühle-dich-täglich«-Leute schon gar nicht. Denen ist der April viel zu warm, und sie verachten ihn. Naturheiler baden in der Christnacht und am Neujahrsmorgen und seifen sich mit Eisblöcken ein.

Dann kommt der Mai. Er ist der Hans Albers unter den Monaten, und man stellt ihn sich auch ähnlich vor. »Hoppla, jetzt komm ich!« Und alles grünt und blüht, schlägt aus und tut wie im Frühling. Weil März und April vorgearbeitet haben. Jetzt kommt der Mai und heimst die Ehren ein. Ohne einen solchen unleidlichen Vorgänger wie den April könnte sich der Mai gar nicht halten.

Der Mai ist die Zeit der Lyriker (heute im Aussterben begriffen). Die nehmen ein Notizbuch und setzen sich irgendwohin, um zu dichten. Mit mitleidigem Wohlwollen sehen die Familienausflügler die schlanke Gestalt und streuen dem Lyriker Butterbrotpapiere, die er zutraulich ableckt. Desgleichen ist der Lyriker die Freude der Kinder, die ihm welkes Laub vom Vorjahr ins Haar flechten und ihn johlend umtanzen. Und wenn die Kinder ihr Frühstücksbrot nicht aufessen wollen, sagt die Mutter: »Gleich kommt der Herr dort und nimmt dich mit!« Da soll einer in Stimmung kommen. Nein, die richtigen guten Maigedichte werden im Fasching, in langen Kaffeehausnächten hergestellt, wenn man kein Geld mehr hat, um sich eine Ballkarte zu pumpen. Es gibt eben handwerkliche Stimmungen, die keine wirkliche Jahreszeit ersetzen kann. Genau so, wie die besten Weihnachtsgeschichten an lauen Septemberabenden entstehen. Die Redaktionen wissen das und decken sich früher ein. (Oder liegen nicht etwa noch drei Frühlingsgedichte von mir bei Ihnen oben?) Pardon, dies nur nebenbei.

Der Mai ist die Zeit der Ausflüge. Die Natur erwacht. Der Mensch auch. Um zwei Stunden später. Man wollte ganz, ganz früh, wenn noch kein Mensch draußen ist, Stimmung saugen. Zu zweit. Oder in größerer Gesellschaft. Jetzt sind die Nahzüge und Straßenbahnwagen schon überfüllt. Rasch nimmt man Skier und Zelt. Die Skier sind klugerweise vorne aufgebogen. Sie können mit den Spitzen zusammengebunden werden. Wenn man dann die hinteren Enden durch eine Querleiste (abgebrochenen Skistock) verbindet, hat man ein Faltbootskelett. Man soll für alle Eventualitäten gerüstet sein. Die Marmelade und den Zigarettentabak steckt man in die Brusttasche, damit sie sich mischen, der Hund wird zusammengeklappt und kommt in den Rucksack, Kinder hat man keine, sind aber doch welche da, so trägt man sie in einem eigenartigen Einkaufsnetz, aus dem die Beinchen herausbaumeln. Die Großmama läßt man in der Eile daheim liegen. Im Straßenbahnwagen sitzt man so gekeilt, daß den Zusteigenden auf jeder Station Ausflügler über das Trittbrett entgegenquellen. Und auf jeder Station steigen neue zu. »Die Leute werden sich draußen schon zerstreuen.« Ein ärmlicher Trost. In jedem Wagen denken das an die hundert Leute. Dann kommt die Endstation. Jetzt könnte man sich aufteilen. Die Klügsten bemerken beim Aussteigen, daß ihnen noch dies und das im Proviant fehlt, gehen in die nächste Restauration, um ihn zu ergänzen und bleiben sitzen. Dann gibt es zähe Justtouristen, die gehen bis zum Waldrand, wo unter den Alleebäumen die ersten Bänklein blühen. Setzen sich hin und sonnen sich. Ein paar Schritte weiter ist schon wirklicher Frühling mit echtem Gras, aber die Bänke sind ohnehin frisch grün gestrichen und tun's auch. Sie geben es auf. Der immer noch ansehnliche Rest wankt hoffnungslos weiter. Auf der Suche nach einem Plätzchen. Merkwürdigerweise kommen ihnen immer andere Leute entgegen. Die Landbewohner machen offenbar auch Sonntagsausflüge, wiewohl sie die Woche über Natur genug hätten. Ein dichtes Geschiebe und Gedränge auf den Waldwegen, die eigentlich noch zu schattig und ein bißchen feucht sind. Kinder und Hunde, die unbedingt auf grüner Halde rasten wollen, verstricken sich in Stacheldrähte und müssen zurückgepfiffen werden. Familienväter knöpfen den Kragen ab und schlingen sich das Jüngste, das nicht mehr hüpfen kann, um den Hals. Dann rastet man doch irgendwo und zieht die Taschenapotheke, denn Vater hat sich beim Öffnen einer Konservendose in die Hand geschnitten. Da das Gras feucht ist und Flecken macht, breitet man möglichst viel fettiges Papier aus, da Fett ja bekanntlich die Nässe abhält. Wer nicht genug Butterbrotpapier hat, kann den Mantel unterbreiten. In den Außentaschen des Waterproofs befindet sich loses Hartgeld, das eigentlich die Heimfahrt erleichtern sollte. Das gleitet jetzt frohgemut ins Gras und verschwindet. Die Büblein spielen Räuber und Gendarm, pirschen sich auf köstlichen Schleichwegen an, wobei sie die Schleichwege bevorzugen, die eine Tafel »Verbotener Weg« tragen.

Meist mischt sich ein Erwachsener in ihre unschuldigen Spiele. Es ist der Flurschutz, der »Grundwächter«, der die erbeuteten Kleinen am Matrosenkragen zum Vater schleppt, der die tapferen Siouxkrieger zähneknirschend auslöst. Da sind die kleinen Mädchen viel braver. Sie hetzen einem fröstelnden Kohlweißling nach, das tückische Tier entflattert, und klein Mägdlein stürzt in eine Pfütze, die der April zurückließ. Es gibt Leute, die Grammophone mitnehmen. Viele haben die Platten im Autobus liegen lassen. Das sind die Netten. Hie und da bemerkt man auch einen gesetzten Herrn mit einem eigenartig geformten Köfferchen. Er setzt sich möglichst abseits, öffnet das Kofferlein und montiert ein wunderschönes Waldhorn (Flügelhorn, Posthorn) auf. Dann beginnt er zu üben. Sorgfältig, Ton für Ton, ein paar Sekunden Pause zwischen je zwei Noten. Bei einer bestimmten Stelle geht ihm der Atem aus, es gikst und prutscht, und er beginnt von neuem. Kommt man am Abend nochmals an dieser Stelle vorbei, so kann er es schon. Blühen, Weben und Regen allenthalben ...

Der Mai ist ein ärgerliches Mittelding zwischen Frühling und Sommer. Wiewohl er den Höhepunkt des Frühlings darzustellen hat, ist er dennoch zugleich dessen Ende und nähert sich um den zwanzigsten herum verdächtig dem Sommer. Interessant am Mai der letzten Jahre ist der Umstand, daß er sich tückisch anschleicht. Spätmärz, April, man heizt noch, es will und will nicht warm werden, jeden Morgen schimmern die Dächer feucht, ewiger Regen, hie und da ein paar Flocken. Dann kommt der Mai. Jetzt muß es doch besser werden! Die Dächer bleiben feucht, der Himmel grau, die Knospen beraten flüsternd über einen eventuellen späteren Ausschlag. Da, buchstäblich über Nacht, bricht der Mai aus. In der Früh klappert man noch ein bißchen, aber zu Mittag herrscht sengende Hitze, und in den Vorräumen der Bureaux hängen Pelze unter Tropenhelmen. Eine unerklärliche Unruhe packt die Hausfrau. Aus Vorzimmerschränken verschwinden jetzt endlich Sweater, Norwegerdreß, Fäustlinge und Winterrock, die man noch nicht endgültig einmotten wollte, was man ja nicht wissen kann. Jetzt aber hat die Natur durch den Mai gleichsam als Unterschrift bekundet, daß sie entschlossen sei, sich aufs neu zu schmücken, und in lächerlichem Optimismus beginnt die Hausfrau an Sommerreisen zu denken. Und baut vor. Die Teppiche verschwinden. Das Parkett wird zu den Osterfeiertagen frisch gewachst, die Kinder trainieren darauf ein wenig Schlittschuhfahren für den verflossenen Winter und schlagen sich die Näschen wund. Die Doppelfenster werden ausgehängt und zerbrochen. Die Scherben sind ein willkommenes Spielzeug für die Kleinen, die sich n i c h t das Näschen verletzt haben. Und dann beginnt die Motterei. Allerlei Mottenpräperate werden vom Drogeristen geholt und ausprobiert. Ein besonders wirksames, grobkörniges Pulver gerät in die Küche und wird von Marie, die nicht mehr weiß, wo ihr der Kopf steht, als Würze verwendet. Das Pulver schmeckt nicht besonders gut, den Motten bekommt es. Marlene Dietrich behauptet, daß die Mottä-hän um das Licht flattern, um sich die Flügel zu verbrennen. So dumm sind sie nicht. Sie flattern ein bißchen durch die Wohnung, zählen die Familienmitglieder und multiplizieren das Resultat mit der Summe der auf das Familienmitglied entfallenden Wintersachen. Es wird reichen. Die Mottähän machen am sonnigen Fenster ein paar Freiübungen, saugen sich voll Luft. Dann falten sie bescheiden die Flüglein und lassen sich in Teppichrollen einnähen, stürzen sich in Winterkisten, um dort bis zum Oktober zu ruhen. Sie haben ein schweres Stück Arbeit vor sich …

Was mir persönlich am Mai am besten gefällt? Die Liebe natürlich. Die Liebe. Die meisten Mädchen sind Frühlingsmelancholikerinnen. Er macht sie traurig, und sie verinnerlichen sich. Bleicher Halbmond steht über den Parkanlagen, die kleine Hand in der Pranke des Partners wird kühler, und sie sagt hüstelnd: »… so haben die Amseln damals auch gepfiffen … was wird er jetzt machen …?« Wer? Fritz. Die meisten Mädchen haben zuerst einen geliebt, der Fritz hieß. Er lebt noch, aber er ist weit, weit fort, in Amerika. Meist ist der Erste in Amerika. Die Mädchen gehen mit dem Liebsten Hand in Hand an einem blühenden Maiensonntag an einer Kirchhofsmauer entlang und wischen mit leichter Hand ein paar Goldregenflocken von ihrem Gelock, die der Wind vom Strauch über die Mauer blies. »So möchte ich auch schlummern. Unter einem Goldregenstrauch. Nein, für Himbeereis ist es noch zu kühl.« Es gibt aber auch praktische Mädchen. »Der grüne Fetzen spiegelt schon an den Nähten. Kaum, daß es die Mayer notdürftig hat herrichten können. Aber weißt du, da hab ich ein en-tzük-ken-des Modell gesehen, weißt du, so ein Blaues, beim …« Die brave Hausfrau aber sitzt daheim. Aus einem ganz verwüsteten Gelaß klingelt Gerassel. Es ist die Hausschneiderin. An der Nähmaschine. Die Hausfrau sitzt daneben und redet ihr drein.

Nein, von all dem Schwindel, aus dem der Mai besteht, ist der mit der Liebe wohl der größte und …

Womit ich tausendmal um Entschuldigung bitte. Ich hätte um vier Uhr schon dort sein müssen. Ja, eine Besprechung. Und länger als bis dreiviertel fünf wartet Gerty nicht. Ich verbleibe

Ihr eiliger
Peter Mahr

Die Auskleidepuppe des Einsamen

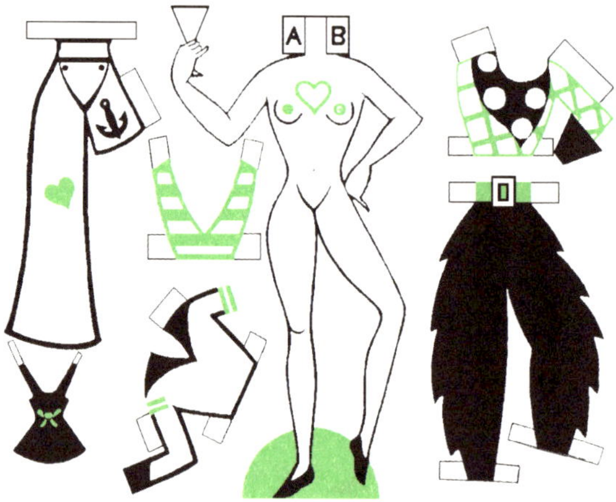

Sehr geehrter Herr!

Furchtbar ist das Los des Junggesellen. Mit dem einen Fuß kratzt er mühsam die Junggesellensteuer zusammen, mit dem anderen wehrt er sich verzweifelt gegen die Vaterschafts-Blutprobe. Und jetzt kommt zum Überdruß die böse Faschingszeit, der die wenigsten gewachsen sind. Der Fasching ist die Zeit der unersättlichsten Vamps und der meisten Insolvenzen.

Um dieser zweischneidigen Natter von vornherein die Spitze abzubrechen, hat das »WIENER MAGAZIN«, das Tag und Nacht über dem Wohl seiner Leser brütet, die »Wiener-Magazin-Freundin« auf den Markt geworfen und macht auch Ihnen ein besonders schönes Exemplar zum Geschenk. Jeder sein eigener Mädchenhändler.

Die »Wiener-Magazin-Freundin« besitzt Ihrer wirklichen Freundin gegenüber folgende Vorteile:

1. Sie paßt gerade in Ihre Brieftasche, ohne dieselbe allzu sehr zu belasten.
2. Sie ist nach allen Richtungen hin faltbar, schmiegsam und anpassungsfähig.
3. Sie hat keinen eigenen Kopf.

Zunächst einmal schreiben Sie in das kleine Herz, das die »Wiener-Magazin-Freundin« mitten auf der Brust trägt, Ihre Anfangsbuchstaben, und sie wird Ihren Namen solange im Herzen tragen, bis Sie selbst ihn wieder wegradieren. Das werden Sie heute selten finden. Sodann schneiden Sie die junge Dame sauber aus und stützen sie durch Unterkleben mit schwachem Karton. Den kleinen roten Fußteil kleben Sie am besten an ein Holzklötzchen oder einen Radiergummi. Eine fixe Position und inneren Halt muß heutzutage jeder haben. Jetzt kniffen Sie die beiden Seitenteile des Hälschens A und B nach außen um und kleben Sie sie zusammen. Das ergibt die Lasche für das Köpfchen.

Muß sie unbedingt einen Kopf haben? Dann schneiden Sie aus der Photographie einer Ihnen nahestehenden Dame den Kopf aus. Wenn Sie ein Zyniker sind, können Sie der »Wiener-Magazin-Freundin« auch den Kopf Ihres letzten Chefs, Ihres Zahnarztes, Ihres Lieblingsinkassanten aufsetzen. Auf jeden Fall schneiden Sie aus der Photographie auch einen Teil des Halses aus, denn mit diesem Ansatz wird der Kopf in der Halslasche befestigt. So. Jetzt schneiden Sie die reichhaltige Garderobe des jungen Mädchens sauber aus. Die schwach gezeichneten Teile werden nach außen umgebogen und haften dann leicht an Schultern und Hüften. Ihre Freundin besitzt ein Apachen-, ein hawaianisches, ein Matrosen-, ein Cowboykostüm und zwei Phantasiekostüme. Für sehr intime Atelierfeste auch noch eine Riesenkrawatte, ein Zofenschürzlein und ein Lendentuch. Wenn sie wider Erwarten über ein Kostüm sich abfällig äußert, setzen Sie ihr energisch den Kopf zurecht und einen anderen auf.

Jetzt können Sie mit ruhigen Nerven ans Probieren und Variieren gehen, was bei Damen oft stundenlang dauert.

Nur hat jetzt das arme Ding – in begreiflicher Redoutenaufregung – ihr wichtigstes Kleidungsstück verlegt … Wo hat sie es denn gleich … helfen Sie ihr ein wenig suchen?

Da ist es ja. »Die »Wiener-Magazin-Freundin« hat es richtig wieder auf Seite 93 liegen lassen!

Herrenmode-Reform 1932

1. Den Kopf recht hoch. (Gerade wegen der schweren Zeiten)
2. Den Kragen, an dem uns noch alle das Schicksal erwischen wird
3. Den Rechtsanwalt immer bei sich. (Im eleganten Suit-case)
4. Die Glacéhandschuhe, mit denen er seine Schuldner anfassen muß
5. Das letzte Hemd, zur Schonung auf dem Arm
6. Den Hut in der Hand. (So kommt man bis ins Ausland um Kredite)
7. Sonne im Herzen
8. Das Herz selbst wird in der Hose getragen
9. Die Schuhe, neben denen er treu einherläuft, zur Sicherheit an der Leine

Mildred tötet die Firma

Ein Kurzroman

Mildred tritt ein

Mildred Smith, 19jährige Vollamerikanerin, mittelgroß, gute Figur, brünett. Besondere Kennzeichen: Mildred vermochte auf ihrer Schreibmaschine 20 000 Buchstaben in der Stunde zu tippen. So ein junges Ding. Und ging bei einer der zahllosen Tüchtigkeitskonkurrenzen als Erste durchs Ziel. Sie gaben ihr einen netten vergoldeten Pokal, den sie aber nicht zu Gelde machen konnte, da er das Datum ihres Sieges eingraviert trug. Andererseits zahlte ihr eine Maschinenöl-Firma einen größeren Betrag für die Erlaubnis, auf ihre Werbeprospekte drucken zu dürfen:

Miß Mildred Smith, die Schreibmaschinenkönigin, schmiert ihre reizenden Fingergelenke allmorgendlich mit unserem Maschinenöl!!!

Filmangebote erhielt Mildred keine, aber ein Varietémanager ließ sie drei Monate lang in allen besseren Etablissements ein kleines Liedchen singen:

»Bin das Mädel mit den 20 000 …«

Dann aber machte Amy Derrington die Weltmeisterschaft im Staubsaugen, und Mildred, um die kein Hahn mehr krähte, mußte einen neuen Posten annehmen.

Die Mammutfirma Wellbech Brothers nahm sie mit Handkuß. Man steckte Mildred in das kleidsame, dunkelblaue Kleidchen der Wellblech-Girls, das den Zweck hat, das männliche Bureaupersonal nicht allzusehr abzulenken, gab ihr die Nummer 251 und dreihundert Dollar monatlich. Korrespondenzabteilung 3a VIII. Und eine eigens für Mildred angefertigte Spezialmaschine mit Wasserspülung, die ein Heißlaufen unmöglich machte.

Alfred Browner

Wellblech-Bros hatte einen Kardinalgrundsatz: Beste Bezahlung, allerhöchste Leistung. Mildred hatte unter allen Umständen ihre 20000 in der Stunde zu machen. Man knüpfte ihr Kabel an die Ellenbogen, schloß diese an ein elektrisches Zählwerk mit Stoppuhr und teilte Mildred Herrn Alfred Browner als Privatsekretärin zu. Browner, schnell im Denken, gewandt und knifflich, war ein kribbeliger, nörgelnder Neurastheniker, der sämtliche Daktylos mit seinen hetzenden Zwischenrufen beim Diktieren zur Verzweiflung brachte.

Mildred aber saß da, zum Anbeißen nett und dennoch unpersönlich, und unter ihren kleinen braunen Fingern klang das Tastenklappern wie ein einziges Rrrrrrrrr. Und allemal war sie um den Bruchteil einer Sekunde früher fertig als Browner. Gerade dieser Sekundenbruchteil brachte ihn zur Raserei. Drei Tage lang schäumte er bloß nach innen, zerbröckelte Bleistifte und Füllfedern.

Am vierten Tag sah er sich nach Beendigung einer besonders gewundenen Satzperiode nach Mildred um. Die war schon lange fertig und hielt, einen Moment verschnaufend, die Händchen im Schoß. Browner warf ihr das Stenogrammheft ans Köpfchen. Das ist kein Gentleman, der ein wehrloses Mädchen mißhandelt. So gerne die gutmütige Mildred Browners Entschuldigung angenommen hätte, Browner mußte gehen. Die Bureaukollegen wollten ihn auf die Zentralheizung setzen. Mildred aber avancierte.

Franz Reemshnider

Franz Riemschneider war als blutjunger Auswanderer herübergekommen und stand seit vierzig Jahren im Dienste von Wellblech-Bros. Goldehrlich, eisern verläßlich, bloß ein wenig sentimental und bürokratisch. Er erkannte am zweiten Tage, daß er es mit Mildred stündlich höchstens auf achtzehntausend Buchstaben bringen könnte. Bei Browner waren es bloß sechzehn gewesen. Er ging zu Direktor Stone und sagte: »Ich bin Miß Smiths Tempo nicht gewachsen.« Direktor Stone sah auf: »Sie wissen, daß Miß Smith kontraktlich verpflichtet ist, stündlich zwanzigtausend Buchstaben zu schreiben.«

»Ja.«

»Sie wissen ferner, daß Sie die Ehre haben, bei Wellblech-Bros zu arbeiten?«

»Ja.«

»Dann handeln Sie im Interesse des Hauses …«

Reemshnider ging und schrieb noch am selben Abend sein Entlassungsgesuch. Er sei offenbar zu alt geworden und wolle Wellblech-Bros das Geld nicht aus der Tasche stehlen. Eine Woche lang zehrte er von seiner reichlich bemessenen Abfindung, dann begann er, der geborene Beamte, zu denken, ward richtig melancholisch und erhängte sich aus Langeweile und Lebensüberdruß. Mildred trauerte ihm ehrlich nach, aber das hatte ja niemand wissen können.

Die Beamten begannen zu grollen, und Mildred avancierte.

Direktor Stone

Nunmehr war Mildreds volle Ausnützung Ehrensache geworden, und Direktor Stone nahm sie selbst in die Hand. Er in seiner exponierten Stellung mußte den Burschen doch um Gottes willen zeigen können, daß es möglich sei, zwanzigtausend Buchstaben in der Stunde zu diktieren, ohne daß die Qualität des Diktierten darunter litt. Was ihm nicht gelang. Seine Geschäftsbriefe, durch Jahre als Muster von Knappheit und Klarheit im ganzen Hause herumgezeigt, wurden halbirre, seitenlange, öde Anekdoten, voll von kindischen Seitensprüngen und Mitteilungen persönlicher Natur. Am zweiten Tage bat er Mildred, doch den Anfang des soeben begonnenen Briefes noch einmal vorzulesen. Er hatte den Faden verloren, was überhaupt noch nie vorgekommen war. Und Mildred las mit leidenschaftsloser Geschäftsstimme:

»Im Besitze Ihres Schreibens vom 7. d. – na, wie geht's, Jungens – bitten wir Sie, uns ehestens – verdammte Ungezogenheit das – den Restbetrag unserer Faktura übersenden – na, wie geht's der Frau – zu wollen …«

Als Direktor Stone das hörte, setzte er sich neben seinen Fauteuil auf die Erde und begann zu schluchzen. Mildred goß glasweise den Inhalt der Wasserflasche über ihn, und als sie, vor Mitleid nun selbst weinend, klingelte, da stellte der Abteilungsarzt einen chronischen Weinkrampf bei Direktor Stone fest. Am selben Nachmittag trat die Aufsichtsratssitzung zusammen und beschloß einstimmig, Direktor Stone, der nicht mehr der Jüngste war, auf längere Zeit zu beurlauben. Nervenüberreizung. Mildred aber avancierte sozusagen.

Nat Fire

Da lieferten sie Mildred dem Nat Fire aus. Man zahlt ja schließlich einer sonst herzlich unbedeutenden Stenotypistin nicht schöne Dollar dafür, daß sie einem die besten, geschultesten Kräfte demoliert. Kein Mensch im Hause Wellblech-Bros hätte eigentlich zu sagen gewußt, welchen Posten Nat Fire bekleidete, aber von den unzähligen rechten Händen der Firma war er entschieden die rechteste. Wenn die Ratten in den Lagerschuppen allzu frech bellten, rief man Nat Fire, wenn die Laufburschen untereinander Händel bekamen, rief man Nat Fire, um Ordnung zu boxen, wenn eine schäbige Firma das Kartell anknurrte, legte Nat Fire sie lächelnd still.

Nat Fire stammte aus dem Osten, aus Boston oder sonstwoher. Manche munkelten, er heiße eigentlich Nathan Feuerstein. Wie dem immer sei, er kriegte Mildred dazu, ihren eigenen Rekord zu brechen. Sie brachten es miteinander auf einundzwanzigtausend Buchstaben in der Stunde, und an dem Tag, an dem Mildred ihn murmelnd bat: »Bitte, noch einmal das letzte Wort?« … da sah ihr Nat mit einem solchen Triumphgrinsen ins Gesicht, als hätte er sie um die Unschuld und ihre ganzen Ersparnisse gebracht.

Zu der Zeit ging bereits die gesamte Korrespondenz durch Nats und Mildreds Hände, die immer in wenigen Stunden fertig waren. So ergab sich die Notwendigkeit, im Rahmen der Bureauzeit Überstunden zu machen, und der kluge Nat einigte sich mit Mildred dahin, zunächst einmal die Privatkorrespondenz von Mister Franky, dem jüngeren Bruder Wellblechs, aufzuarbeiten. Franky, ein herzensguter, aber unernster Junge, der viel für Nebensächliches übrig hatte, war seit Monaten auf einer Erholungs-Forschungsreise in Inneraustralien, und auf seinem Schreibtisch türmte es sich meterhoch. Und als nun der kluge Nat den Riesenstoß wegzudiktieren begann, da kratzte er in seinem rötlichen Wollschädel herum, was noch nie geschehen war. Kratzte immer öfter, nahm Mildred beiseite und ließ sie einen Eid auf das Hauptbuch leisten, keiner Seele zwischen Himmel und Erde davon etwas zu sagen. Es war leider wirklich so. Der liebe, weltferne, jungenhafte Franky hatte hinter dem Rücken seines eigenen Bruders Allan Wellblech mit der Konkurrenz geschurkt und die Firma um rund, na, sagen wir – zehn, zwölf Millionen Dollar gebracht …

Das Blech wellt sich

Obzwar Mildred ihren Schwur angstzitternd hielt und auch Nat das Furchtbare nur den allervertrautesten Geschäftsfeinden erzählte, am nächsten Morgen war es ins

Personal durchgesickert, die Firma sei fallit, keinen Cent mehr wert, es sei eine Schweinerei, und es stände überhaupt nicht mehr dafür. Die Folgen waren dementsprechend und kaum zu beschreiben. In Ehren ergraute Buchhalter brachten ihr Banjos und Ziehharmonikas ins Office mit, auf den Schreibtischen übten die Typewriter-Girls mit möglichst hochgezogenen Röcken die neuesten Tanzschritte, und die Liftboys übten sich im Handstand und spuckten einander den Kaugummi in den Mund. Vor den Kassenschaltern im Erdgeschoß standen gröhlende Aktionäre, von Policemen notdürftig gebändigt, in langen Schlangen und hoben ab, zogen zurück, hoben ab, zogen zurück, hob …

Um ein Uhr mittags mußten die Kassenschalter von Wellblech schließen. Bargeldmangel.

Und zwei Tage später wurden Wellblech-Bros von der Geschäftswelt offiziell und feierlich totgesagt. Der liebe Franky kam aus Inneraustralien gar nicht mehr zurück, Allan, der ältere Bruder, verfiel in Trübsinn, wo er sich noch heute befindet. Und ein rachsüchtiger italienischer Lagerarbeiter legte Feuer in den verödeten Kellergewölben. Die Feuerwehr tat natürlich ihr Bestes, und nach drei Tagen war das Wellblech-Bros-Building eine malerische dreißigstöckige Ruine. Trotz Aluminiumstahl und Gußbeton. Mildred aber avancierte …

Mildred wird ein Vamp

In dem Donner des Zerfalls hatte man Mildred vergessen. Policemen, die in dieser belebten Gegend des Geschäftsviertels Nachtdienst machten, erzählen, daß um Mitternacht Mildred mit glühenden Augen in den angekohlten Dachrinnen herumklettere. Sie sucht wen, der ihr in die Maschine diktiert. Und dies um so mehr, als sie ihre zwei letzten Monatsgehalte noch nicht bekommen hat ...

Arme kleine Eva!

Sommer tut den kleinen Mägdlein gar gut ... Unbeschwert, ungeschnürt von Hosenträgern, würgenden Krawatten schweben sie mehr oder minder dahin, zwitschernd, gackernd, traditionell kichernd. Sie tragen auch keine wirklichen Schuhe wie etwa unsereiner, sondern Andeutungen von Rehledersohlen, die mittels bunter Schnürriemen nachlässig am Füßchen befestigt sind. Ihre Gesichter, Arme, Schultern und Hände sind elfenbeingelb, haselnußbraun, schokoladefarben bis ebenholzdunkel. Sie tragen aber auch nur ganz leichte, sackartige Gebilde mit knappen Schlupflöchern für Arme und Köpfchen. Oh, ihr Rosenblüten aus Kunstseide!

Aber nicht nur die Rosen blühen, auch die Versetzungsprüfungen. Die Buben und Mädeln würgen lustlos das laue Mittagessen hinab, im eigenen Zimmer, denn im Eßzimmer sitzt der Vater und kaut zorngemut an den Schnurbartspitzen, denn er war heute beim Herrn Klassenvorstand, nachfragen. Und um zwei geht die »Stuckerei« wieder los. Der Sonnenschein liegt grellgelb auf der Feuermauer, durch das Fenster der kleinen Studierstube kann man es deutlich sehen. Aber man darf nicht zu lange hinschauen, denn um vier Uhr kommt der teure Hauslehrer (»Schade ums Geld!«, sagt der Vater). Und der teure Hauslehrer zieht sich den Rock aus und amtiert schwitzend in Hemdärmeln, bis sechs, bis halb sieben. Und die Gleichungen sind noch immer binomisch, und die Ellipse schneidet nicht und nicht den Kegelstumpf, aus sternblanker Bosheit. Manche Formel muß der Herr Hauslehrer selbst erst nachschlagen, und die Sonne auf der Feuermauer wird orangerot und klettert immer höher. Und morgen ist die letzte mathematische Schularbeit, und wenn die wieder »nichtgenügend« ist, kommt man zur »Versetz« (Niederträchtiger Fratz, pflichtvergessener!). Und eventuell kriegt man einen »Nachzipf«, und die Ferien sind hin ... Ah ja, ganz junge Leute können den Sommer oft gar nicht so auskosten, und als Shakespeare seinen »Sommernachtstraum« schrieb, gab es wohl noch keine Versetzungsprüfungen ...

Aber bevor wir auf Shakespeare und seine Frauengestalten übergehen, will ich Euch noch eine Geschichte erzählen, die von Mägdlein und Versetzungsprüfungen handelt. Weil wir uns schon so lange kennen und ich vor euch keine Geheimnisse habe. Und weil sie so rührend ist. Also, erzählen Sie, Hammerschlag!

Das ist noch gar nicht so lange her, etwa zwei Jahre. Aber auch ich habe einmal ein Mädchen ins Unglück gebracht, ja. Und ich habs so gut gemeint.

Da saß ich auf einer mittäglichen Parkbank, neben mir eine kleine Gymnasiastin. Soll ich Ihr Alter nach der Klasse oder nach Jahren bemessen? Oh, sie sah gut erhalten aus! Sie war vielleicht zehn, aber man hätte ihr auch fünfzehn geben können. Im Kino wurde sie vielleicht noch als Erwachsene bezweifelt, aber sicher schwindelte sie sich selbst in Mae-West-Filme hinein, sie war ein sehr tüchtiges, lebensbejahendes und durchaus modernes Mädchen. Klein und zierlich, zwar breitschultrig, aber ein wenig knochig. Und hatte solch einen lieben, dunklen und kugelrunden

Kopf, der sehr angenehm in der Hand zu halten war. Und kugelrunde, samtbraune Augen. Sie sah aus wie ein junger Seehund und schwamm auch sehr gerne, wie sie mir sagte. Ich bin beim Ansprechen noch schüchterner als gewöhnlich. »Fräulein kommen aus der Schule?«

»Phhh!«

Das konnte zwar jeder Seehund sagen, aber vielleicht hatte ich sie verletzt.

»Ich meine, Gnädigste studieren?«

»Bitte schön, lassen sie mich mit dem Blödsinn in Ruhe. Ich bin froh, wenn ich davon nichts weiß.« »Jetzt ist die ganze Schinderei eh bald zu Ende?!« »Gottseidank!«

»Gnädiges Fräulein ... ich bin auch ein bißchen Zeichner. Darf ich Ihnen einen Stundenfresser machen?« So kamen wir doch ins Gespräch. Aber als sie anfing, mir von ihrem Professor für darstellende Geometrie zu erzählen, fuchtelte sie mit ihren dünnen, beweglichen Händen derart erbittert durch die flirrende Mittagsluft, daß sie ihre abgewetzte Aktentasche von der Bank warf. Ich klaubte ein graues, fettiges und fleckiges Büchlein auf.

«Ah, Caesar? Sehr interessant! Hab ich auch einmal gelesen! Sind Sie schon bei der Rheinbrücke?«

Statt einer Antwort holte sie aus wie zu einer Ohrfeige. Um sie zu versöhnen, kaufte ich ihr ein Haselnuß-Gefrorenes, das sie erst annahm, als es bereits zu zerfließen begann. Und dann ging ich zu Fuß nach Hause, denn ein Haselnuß-Eis (große Portion) ist gleich einer Elektrischen (lange Strecke).

Aber am nächsten Tage hatten wir doch ein Rendezvous. In einer kleinen, leicht staubigen Parkanlage im sehnsüchtig-kühlen Cottage. Drohend, düster weiß, schimmerte an der nächsten Ecke die kleine Villa ihrer Eltern. Ein Wachmann patrouillierte vorbei, und ich zog betreten meine Hand zurück, mit der ich soeben die des Seehund-Mädchens gestreichelt hatte …

»Wird man dich zuhause nicht vermissen?«

»Blödsinn. Ich hab der Köchin den Schlüssel aus dem Tascherl genommen. Höchstens klettere ich übers Gitter!« Ich hätte mich das nie getraut.

»Wie heißt du eigentlich?«

»Aber, so ein blöder Name. Eva heiß ich. Aber meine Freundinnen nennen mich Lulli. Und zuhause heiß ich Winnetou. Weil ich so wild bin …«

»So wild bist du? Lieb. Bist du stärker als dein Vater?« Da schüttelte sie traurig das Köpfchen, und ich sprach schnell von etwas anderem. Sie kaute an einer Neapolitanerwaffel, scharrte mit den Absätzen im staubigen Kies und fragte:

»Also Schriftsteller bist du? Da bekommst du für deine Aufsätze noch bezahlt? Und habt ihr Schriftsteller lauter Hausübungen oder auch Schularbeiten?«

»Auch Schularbeiten, liebes Kind. Weißt du, da müssen alle Schriftsteller hinauf kommen, in die Redaktion. Und bekommen ein Thema, und der Chefredakteur paßt auf, daß keiner vom anderen abschreibt. Aber manche können so gut schwindeln …«

Ach, sie war so lieb und frisch und natürlich, daß ich sie nicht anlügen konnte! Plötzlich packte sie meinen Unterarm, fest, als wolle sie ihn zerbrechen und zischte: »Du! Da haben wir so eine entsetzliche Hausarbeit! ›Die Entdeckung

Amerikas und ihre Folgen‹. Du mußt mir helfen! Du mußt! Jetzt gleich!«

Solches Herzklopfen hatte ich noch nie gehabt. Sie hatte einen Bleistift-Rest, und in meiner Tasche fanden sich reichliche, unverbrauchte Manuskripte, und wir stenographierten langsam und sorgfältig, strichen aus, änderten, modelten um. Bis Mitternacht. Da patrouillierte der Wachmann wieder vorbei und forderte uns auf, auseinanderzugehen, nachhausezugehen, weiterzugehen. Denn wir waren laut geworden, so daß hie und da eine schlaftrunkene Stimme aus einem nachtdunklen Fenster ein »Pschsch!« rief … Als der Wachmann uns den Rücken zuwandte, gab mir Eva den ersten und einzigen Kuß. Ziemlich feucht mit halboffenen Lippen. Wahrscheinlich war ihr so heiß …

Und doch muß sie mich geliebt haben, denn nur die liebende Frau ist blind, sonst wären ihr einige Fehler im Aufsatz aufgefallen …

Einige Tage später saß ich auf der Bank, wo wir uns fanden. Harrte Evas. Sie bekam heute ihren Aufsatz zurück und mußte ein »Sehr gut« haben. Der Aufsatz war schön, logisch, erschöpfend gewesen. Wie war der Anfang? …

«Als Christoph Columbus mit der ›Mayflower‹ bei Mohacs in See stach, wollte ihn Kara Mustapha, der grade die Dardanellen besetzte, nicht bei Schleswig-Holstein vorbeilassen. Darauf soll Phillipp der Zweite erwidert haben: ›Komm und hol sie dir, dann werden wir im Schatten kämpfen!‹ Nichtsdestoweniger erblickte ein Matrose Land, rief, er sehe dasselbe und brach auf dem Marktplatz tot zusammen, denn er war die Olympia-Zeit gelaufen. Daraus entwickelte sich der Zweite Schlesische Erbfolgekrieg, aber infolge des Verrates des Ephialtes wurde die Lombardei an Venetien abgetreten. Da sprach der große Fritz: ›Niedriger hängen!‹ und trieb die Türken aus dem Lande. Und an dieser Stelle errichtete Marc Aurel später Vindobona, und als die Markgräfin Agnes ihren Schleier verlor, kam noch Klosterneuburg dazu ...«

Eva stand vor mir. Und sah aus, wie ein verstörter kleiner Seehund. Und der große, dicke, mächtige Herr neben ihr war ihr Vater und sah drein wie ein grimmiges Walroß, mit seinem kahlen, wutroten Kopfe und dem sonst sicher gutmütigen, jetzt aber wild gesträubten weißen Schnauzbart. Er hätte mich am liebsten harpuniert und schnaubte: »Also, das ist das Schlieferl, mit dem du herumziehst.«

Eva und ich senkten die Köpfe, wir schämten uns furchtbar. Vor ihm, füreinander, gegeneinander, vor dem strengen Walroß-Papa am meisten wohl. Und er tobte, dumpf orgelnd: »Sie, Sie haben das blöde Mädel auf dem Gewissen!«

Da war ich eine Sekunde lang schrecklich stolz, aber er fuhr kollernd fort: »Und jetzt hat sie eine Versetzungsprüfung in Deutsch, Geschichte und Geographie! Können Sie das verantworten? Haben Sie nichts anderes gelernt? Welche Schulen haben Sie eigentlich nicht besucht!?«

Ich wollte gerade antworten, daß ich alle Folgen auf mich nehme. Er solle seine Tochter etwas Ordentliches lernen lassen, und nach zehn Jahren wolle ich sie heiraten. Bis dahin sei mein erster Roman erschienen. Er aber brummte dumpf: »Setzen! Jetzt werde ich Dir einmal das Bürscherl im vollen Glanz vorführen!« Und er begann, mich zu prüfen: »Was halten Sie von den Atwood'schen Fallgesetzen?«

»Wann war der Dreißigjährige Krieg und haben Sie an ihm teilgenommen?«

»Haben Sie das Pulver erfunden und wenn, könnten sie das verantworten?«

Ich beantwortete keine dieser Fragen, erstens ließ er mich nicht zu Worte kommen und zweitens lenkte mich Eva ab, die neben mir saß und beruhigend meine Hand streichelte. Als aber der Walroß-Papa gerade nach der Frage »In welchem Drama Schillers kommt der Tellschuß vor?« eine Atempause machte, sagte ich kurz, hart und männlich: »Bitte schön, zu Hause habe ich das alles noch gewußt, aber gestatten Sie jetzt mir eine Frage. Wann wurde Karl der Große zum Kaiser gekrönt?«

Der alternde Mann schnappte, brauste auf (Was erlauben Sie sich?), blickte scheu nach Eva und begann nachzudenken:

»Das war ... das war ... so eine Frechheit ... Eva grins nicht ... na, das ist doch zu blöd ...«

Und auf einmal saß er auf der Bank, und ich stand vor ihm. In Eva eingehängt. Und ich donnerte gedämpft: »Und mit solchen Unkenntnissen wagen Sie es, eine Tochter großziehen zu wollen? Lösen Sie mir folgendes Beispiel: Jemand zahlt seinem Prokuristen monatlich 200 Schilling. Nach sechs Jahren betragen die Rückstände ...« Der Walroß-Papa unterbrach mich: »Bitte, ich bleibe ihm eben weiter schuldig ...« Eva und ich sahen uns an, und ich sagte, frech und schneidend: »Und mit diesem ethischen Niveau wollen Sie ein nützliches Mitglied der menschlichen Gesellschaft werden? Armes Kind!« Dabei strich ich Eva über den Scheitel, und der arme Vater wagte kein Wort.

»Nun, weil Sie es sind, noch eine Rettungs-Frage. Übersetzen Sie mir den Spruch ›Non scholae, sed vitae discimus‹ ins Deutsche! Nun? Wirds! Flink!« Da sanken die fleischigen, sonst so energischen Hände des armen Eva-Vaters auf die Knie, und er begann derart nachzudenken, daß selbst die Blättlein im Park zu rauschen aufhörten. Eva und ich hatten Tränen des Mitleids in den Augen und, da gerade der Gefrorenes-Mann vorbeiklingelte, legten wir unser letztes Geld zusammen und kauften unserem Papa eine schöne große Portion Himbeereis. Mit einem traurigen, um Vegebung bittenden Lächeln nahm er es, begann zu naschen und zu schluppern und murmelte, halb gerührt:

»Kinder, Kinder ... jaja, Kinder ...«

Oh, wie recht er hatte!

Vom armen Lappen Kraaks

Erster Lappen

So gutmütig, so untersetzt und behaglich die Lappen sind, so faul sind sie und haben recht damit. Sie liegen im fettigen Hüttenrauch, kauen Speckschwarten, lassen sich die fettige gelbliche Sonne, die aussieht wie ein Butterball, ins fettige Gesicht scheinen und spielen mit fettigen Fingern ölige Weisen auf ihrer Ziehharmonika. Oder sie rauchen. Sie sind fast wie die Eskimos, nur ist ihnen nicht so kalt. Und sie könnten Russisch, Finnisch, Esthnisch, Norwegisch, Schwedisch oder sonst was lernen, lassen es aber lieber bleiben. Das macht, weil in ihnen und rund um sie herum so viel Fett ist, und das macht behaglich und nimmt den Menschen – Gott sei Dank – den »Auftrieb«, wie die verflixten Gelehrten das nennen. Aber der Lappe Gaak und sein Weib Kuttusch – zwei so behagliche Namen – hatten ein spindeldürres bleiches Söhnlein, das nannten sie Kraaks, weil es so zappelig war. Aber nicht immer, oft lag es auch auf dem Rücken und machte ein blödes Gesicht … »Was tust du, mein Rentierkalb?«, fragte Mutter Kuttusch. »Ich denke nach, Mutti …« »Oh, mein Mitternachtssönnlein, mein Polarfüchslein, mein Blaupelzchen, das darf man nicht, das tun nur die Weißen! Wenn du nachdenkst, muß deine Mutti weinen, denn du machst ihr Kummer, schrecklichen Ku-huhu-hummer!« Und Mutter Kuttusch huhute ölige Tränen, aber der Kraaks dachte just weiter …

ZWEITER LAPPEN

Kraaks wuchs heran, und seine Eltern schmissen ihn hinaus, weil er sich das Nachdenken nicht abgewöhnen konnte, und er war ihnen unheimlich. Jetzt lebte Kraaks einsam in einem Hüttchen, fing sich selbst seine Fische und briet sie. Dazu muß man Feuer machen, das bohren sich die Lappen mit einer Art Fiedelbogen aus einem trockenen Holzbrett. Der nachdenkliche Kraaks aber hatte sich einen Sägefisch verschafft, so einen großen dicken öligen Fisch mit einem so spaßigen Sägehorn auf der Nase. Den setzte er in einen ausgehöhlten Baumstamm mit Wasser und legte ein Holzbrett darüber, in dem war ein Loch und die Sägenase des Fisches ging gerade durch. Wenn jetzt Kraaks Feuer brauchte, reizte er den Fisch (ksch, ksch), der wurde wütend und fuhr immer mit seiner Zackennase in dem Holzbrett hin und her, daß die Funken nur so stoben, Kraaks brauchte sie nur aufzufangen. Kam der Dorfälteste des Weges und kopfschüttelte: »Was hat denn Kraaks da für eine läppische Spielerei?« »Gar nicht so läppisch, ein selbsterfundenes Feuerzeug, der Sägefisch sägt mir Feuer. Wenn einer eine Säge bei sich hat, soll man das ausnützen …« »Kraaks, was ist das: ausnützen?« »Ausnützen ist, wenn man einen, der etwas ungern tut, es doch machen läßt, weil man es selbst noch viel ungerner tut!« »Und was sagt der Sägefisch dazu?« »Gar nichts. Er hält das Maul, und wer das Maul hält, ist glücklich!« »Das ist ein Irrtum«, sagte der Dorfälteste.

Dritter Lappen

So kam der Frühling, und die Flüsse und Seen tauten auf, und die Zeit des Fischfangs brach aus. Was tut euch der spinnige Kraaks? Baut ein so spaßiges Rad mit vier Flügeln über einen fischreichen Bach, jedes Rad ist eigentlich eine Tasche aus Rentierleder, und wenn Kraaks das Rad dreht, so schaufelt er die Fische förmlich heraus, das schlippert und schlappert und schluppert und türmt sich am Ufer zu silbrigen Haufen, und der Dorfälteste latscht des Weges. »Ja, jetzt schaufelt unser Kraaks gar die Fischlein? Warum fängst du sie nicht einzeln mit der Angel?« »Rentiert sich nicht!« »Das hat doch mit Rentieren gar nichts zu tun!« »Natürlich nicht, ich meine, es steht nicht dafür! Es geht mit dem Schaufelrad großzügiger!« »Kraaks, was ist großzügig?« »Großzügig ist, wenn man mehr Fische fängt, als man selbst fressen kann. Den Rest tauscht man für Felle ein, da braucht man nicht selbst auf die Jagd zu gehen, das ist zu riskant!« »Kraaks, was ist riskant?« »Riskant ist, wenn man Angst hat!« »Kraaks, Du bist ein läppischer Bursche …« »Das wollen wir hoffen«, sagte Kraaks.

Vierter Lappen

Ja, was willst du machen, Kraaks schaufelt eine Menge Fische, und was er selbst nicht fressen kann, trocknet er und tauscht dafür wirklich feine noble Felle ein. Und baut sich so ein komisches Dings aus zwei Birkenästen, die spickt er mit lauter Fischzähnen und zieht eine Sehne durch und legt die Felle dazwischen. Und dann tanzen die

Fischzähne so komisch hin und her, und die Sehne kriecht dazwischen und in die Felle hinein und wieder heraus, und auf einmal ist das schönste Lappenkleid fertig, daß dem Dorfältesten das Maul offen bleibt! »Kraaks, was ist das für ein Beiß- und Zusammenmachdings?« »Nähmaschine. Viel rationeller!« »Kraaks, was ist rationeller?« »Rationell ist, wenn man sich nicht mehr plagt, als nötig!« »Wenn du Dich nicht plagen willst, kannst du ja ein Weib nehmen.« »Ich bin im Prinzip nicht durchaus abgeneigt«, sagte Kraaks. Er schaffte sich drei Paar Freiersfüße an und heiratete drei der schönsten Mädchen aus den umliegenden Dörfern, das war ein bißchen viel, aber die Frauen lieben ekelhafte Kerle …

3

Wien, Wien warum nur du allein?

Nie wieder Micky Maus (in Wien)

Eine Reportage, richtiger ein Protokoll

Das ist wirklich wahr, unmittelbar nach dem Erwachen aus der Narkose sieht man alles wie in einem Nebel, aber niemand darf einem da dreinreden. Jemand murmelte: »500«, aber es war bloß der Herr Primarius. Ich machte einen Versuch zu denken, ob wohl mein Fieberthermometer auf 500 stünde, denn das erschien mir eigentlich ein wenig viel. Es waren aber bloß die 500 Meter hydrophiler Gaze, die sie um mich gewickelt hatten. Dann ging der Herr Primarius hinunter, um den Operationssaal aufzuräumen, und am Fußende meines Bettes verblieb die zierliche, stumpfnasige Schwester Mizzi. Zwei Herren hielten unnötigerweise rechts und links meine Hände, ich war froh, daß ich nicht zu toben brauchte. Links hielt mich Hofrat Plawitschka von der Polizei, der es sich nicht nehmen lassen wollte, meine Einvernahme selbst zu leiten und rechts … rechts … meiner Seel, mein Chefredakteur. Saß da so sanft, so gedämpft und verzeihend wie ein Leutnant von der Heilsarmee. Ich hätte das dem ernsten, sehr verschlossenen Manne nie zugetraut.

Ich weiß, wie ein Geretteter sich zu benehmen hat. Schlug offiziell die Augen auf, stöhnte leicht und sagte: »Wo bin ich? Im Allgemeinen Wiener Krankenhaus! Meine Verehrung, Herr Hofrat, bitte, ich bin vernehmungsfähig und geständig, und es soll nie mehr vorkommen. Aber ich bin nicht schuld, es ist das erstemal, schauen Sie mich an, ich bin ein einziger, mildernder Umstand!« Mit vorbildlichem Takt winkte Herr Hofrat Plawitschka ab, und von da an führte mein Chefredakteur die Verhandlung.

»Also, nicht einmal ein armseliges, zartes, hilfloses Mäuserl können Sie interviewen, Sie, Sie … Sie Reporter? So müssen wir uns wiedersehen???« »Herr Chefredakteur, seien Sie nicht härter zu mir, als Sie es von Berufs wegen sein müssen! Ich habe es Ihnen ja gleich gesagt, die Maus ist ein Raubtier!«

»Jetzt spinnt er wieder«, murmelte sorgenvoll Schwester Mizzi und schwang eine Kampferspritze. Ein herrischer Wink lähmte ihr den Arm.

»Geben Sie ihm nichts, Schwester. Wie ihm besser wird, verlangt er Vorschüsse, der Patzer.«

»Meine Herren, ich will ein umfassendes Geständnis ablegen, wie das mit Micky Maus eigentlich war. Ich soll zwar nicht reden, aber … Sehen Sie, meine Herren, wenn jede Woche ein anderer Filmstar in Wien absteigt, so ist das schließlich Angelegenheit der Stadtgemeinde. Aber wenn so ein gefährliches, quecksilbriges Vieh wie diese Micky Maus ausdrücklich inkognito durchkommt und also in Ruhe gelassen werden will, so soll man sie nicht verfolgen und quälen, die Maus ist ja schließlich auch ein Mensch. Wenn nächstens die Greta Garbo kommt, da werden Sie natürlich selbst zum Bahnhof wollen, Herr Chefredakteur ...«

Ich warf mich zurück und atmete schwer. Ein Rekonvaleszent darf sich das erlauben, und außerdem machte mir die Nähe des polizeilichen Großsenders Mut.

»Und was hat die Micky Maus gesagt?«

»Überhaupt nichts. Wie der Schaffner das Separatcoupé aufmacht, ist niemand drin. Bloß aus dem Gepäcknetz fällt so ein Stück Emmentalerkäse, sehr weich und sehr durch. In diesem Käs war die Micky Maus. Der Käs war ihr Reiseproviant. Ich natürlich zupf mir die Krawatte zurecht, sag schön mein Sprücherl und geb dem Micky diese blöden Rosen und das schäumende Bierkrügel. Aus den Rosen hat sich Micky einen Schwimmgürtel gemacht, und eine Rose mit besonders langen Dornen hat Micky dem Gepäckträger als Trinkgeld in den Hosenboden gesteckt. Amerikanisch. Aber das Bier hat er gierig ausgesoffen und sich noch das Maul geleckt, der Pülcher. Pardon, Herr Hofrat, ist mir nur so herausgerutscht. Ich will mich nicht wieder aufregen. Ihre Idee, Herr Chefredakteur, die Micky Maus mit einem Krügel Wiener Stadtbräu zu begrüßen war sinnig und herzig und was Sie wollen, aber diese Amerikaner vertragen ja nichts.«

»Bisher haben nur Sie gesprochen. Aber was hat die Micky Maus gesagt?«

»Mein Gott, was soll so ein armer Filmmensch sagen, den man schon am Bahnhof abfängt und anstrudelt? Micky hat gesagt, daß er entzückt von Wien und seinen liebenswürdigen Bewohnern ist und sich schon immer ein Stückerl Wien gewünscht hat. Halt, ja, dann hat er noch gesagt, daß er sich uns wesensverwandt fühlt.«

»Und Originelleres hat er nichts gewußt, der Micky?«

»Oh doch. Er hat dann sofort dem Stationsvorstand sein Pfeiferl weggerissen und schrecklich gepfiffen. Und der Lokomotivführer, der Pemstl, hat ihm das geglaubt und fährt nach rückwärts wieder aus der Halle hinaus …«

»Die Trümmer dieses Zuges sind bereits gemeldet«, fiel diskret Hofrat Plawitschka ein, »hinter Hütteldorf-Hacking ist er zerschellt … Das kann schließlich einmal passieren.«

»Kißdiehand, Herr Hofrat, jetzt bin ich beruhigt. Ja, das mit dem Zug war dem Stationsvorstand gleich nicht recht, aber bevor er noch amtshandeln hat können, reißt mich schon Micky aus der Halle hinaus …«

»Und draußen?«

«Draußen, entschuldigen schon, sind wir dann wegen Tierquälerei aufgeschrieben worden. Ich nämlich will Micky an die Leine nehmen, man kann nichts wissen, bei den Künstlern. Micky ist eben auch Künstler. Glauben Sie mir, meine Herren, ich kenne die Künstler durch und durch, ich war vorigen Sommer vierzehn Tage lang mit einer Statistin vom Theater an der Wien befreundet …«

Man sah förmlich durch das Pflegerinnenhäubchen von Schwester Mizzi hindurch, wie sie die Ohren spitzte, aber ein Blick von Hofrat Plawitschka scheuchte sie in ihre mädchenhaften Schranken zurück.

»Also ich will Micky an die Leine nehmen, aber er brüllt wie ein Bulldogg, er ist ein freier Amerikaner, und die Leute natürlich nehmen Stellung und drohen mich wegen Tierquälerei arretieren zu lassen. Richtig kommt ein Wachmann, zieht Notizbuch und Tintenstift, leckt den Tintenstift ab und will gerade anfangen, allerdings nicht wegen Tierquälerei, sondern wegen Kindesmißhandlung. Micky kann ja winseln wie ein Säugling, wenn er entwöhnt wird. Aber da hat schon Micky dem Wachmann das Dienstkappel entrissen und satzt zur nächsten Kreuzungsstelle. Hält das nächste Auto auf, schmeißt den Chauffeur hinaus und besteht darauf, selbst zu fahren. Ich händeringend im Fond. Micky aber läßt sich nichts sagen, und wie ich ihm sag, in Wien fährt man links, lacht er bloß.«

»Wozu haben wir Sie einen Chauffeurkurs machen lassen? Hätten Sie mit starker Hand eingegriffen!«

»Die starke Hand war zu der Zeit schon nicht mehr verwendbar. Micky hat mich für alle Fälle gleich auf der Bahn gebissen. Und da hab ich in Gottes Namen das Auto in der Auslage stecken lassen und bin Micky an der Fassade in den ersten Stock nachgeklettert.«

»Manchmal haben Sie lichte Momente.«

»Man tut, was man kann, aber oben hat Micky sich in einen Affen verwandelt.«

»So hätten Sie sich halt auch in einen Affen verwandelt.«

»'tschuldigen, Herr Chefredakteur, ich weiß auch, was ich der Wiener Liebenswürdigkeit schuldig bin, aber der gute Ruf von unserem Blatt stand auf dem Spiel, und außerdem hat sich der Micky-Aff plötzlich aufs Pflaster fallen lassen und schon zerspritzt er in zehn kleine Micky-Mäuse, die nach allen Richtungen auseinanderlaufen. Ich natürlich renn der nächstbesten Maus nach. Es wird schon die richtige sein, und richtig, war es die richtige. Gesehen habe ich ja noch ganz gut, das mit dem linken Aug' war erst später. Aber da bin ich nicht schuld, sondern der Herr Matthias Brunnbauer.«

Der Herr Brunnbauer ist zweiter Schriftführer beim Hernalser Stemmklub »Jaguar«.

»Weshalb fordern Sie die Herren heraus?«

»Der Herr Brunnbauer ist nämlich der Bräutigam vom Fräulein Karla Lechleitner, die der Micky ins Bein gezwickt hat. Also, tatsächlich haben ja Ausländer manchmal eine merkwürdige Meinung von Wiener Frauen, aber gar so aufbudeln hätt' sie sich doch nicht müssen, das Nockerl. Und der Brunnbauer hat gleich gebrüllt, daß das Blut fordert, und schon haben wir ein kleines Freundschaftsmatch gehabt. Micky war ganz entzückt, aber er wollte lieber Schiedsrichter sein, weil er die österreichische Technik noch nicht so beherrscht. Da bin ich für ihn eingesprungen ...«

»Und wer hat gewonnen?«

»Das könnte ich eigentlich nicht so genau sagen. Im Auto ist mir dann besser geworden. Energisch sind ja die Amerikaner.

Micky hat mich gleich in ein Auto gepackt und hat gesagt, er wünscht sich schon lange, einmal einen echten Heurigen zu sehen. Mir war das ganz recht, denn die Leute sind schon auf uns aufmerksam geworden. Dann in Grinzing haben sie mich mit Kognak gewaschen, und es war überhaupt sehr stimmungsvoll. Der Micky hat sich mit dem Schrammelquartett angefreundet und ist vor lauter Begeisterung in das Schalloch von der Kontragitarre hineingekrochen. Dann hat die Gitarre einen sehr unreinen Ton gehabt, acht Liter Spezial haben wir in die Gitarre hineinschütten müssen. Dann ist es Micky zu feucht drinnen geworden. Aber wie er herausgekommen ist, hat er wirklich schon ein bissel genug gehabt, so einen kleinen Stich … No, die Gitarre war hin, aber wir hätten ohnehin weg müssen. Sonst hätten wir Unannehmlichkeiten gehabt. Das Quartett nämlich hat gesungen: »Verkaufts mei G'wand, i fahr in Himmel! «Micky, in seiner Naivität, nimmt das ernst und will sein G'wandl momentan verkaufen. Jetzt hat er aber doch nichts am Leib außer einem Schwimmhoserl. Und so vor Damen. Im letzten Moment habe ich noch dem Wirt sagen können, daß der Herr ein Ausländer ist und es nicht bös meint. Aber einen Abstecher auf die Hohe Warte haben wir uns doch noch geleistet, zum Fußballmatch. Micky hat sich leider in seiner Sportbegeisterung in einen Fußball verwandelt, und auf einmal sind

zwei Bälle im Spiel. No, der Wirbel war nicht zu verachten. Das Publikum ist auch rebellisch geworden, und wie die Sanitäter den Schiedsrichter auf der Bahre hinausgetragen haben, hab ich mich hinterhergeschlichen, Micky unterm Rock. Dann sind wir per Auto in den Prater.«

»Natürlich per Auto.« Mein Chefredakteur hatte so etwas Wehes im Ton, das mich meine eigenen Schmerzen vergessen ließ.

»Es hat sich nicht vermeiden lassen. Aber erstens hat Micky gezahlt, und zweitens haben sie ihn auf der Elektrischen nicht genommen. Ich bin zuerst rückwärts mit Micky aufgestiegen, aber der Schaffner hat gesagt, Hunde werden nur auf der vorderen Plattform befördert. Ich sag ihm darauf, Micky ist eine Maus. Sagt er, das tut ihm sehr leid, aber erstens werden Mäuse überhaupt nicht befördert, und zweitens ist Micky für eine Maus zu groß und für einen Hund zu klein. Aber wir sollen es vorne versuchen. Auf der vorderen Plattform steckt sich Micky eine Zigarette ins Antlitz, und der Motorführer sagt ihm, wenn er schon ein Hund ist, so soll er wenigstens nicht rauchen. Steig ich mit dem Micky wieder rückwärts auf, aber da haben wir Differenzen gehabt, weil ich Micky eine Kinderkarte kaufen wollte. Nämlich für ein Kind war er zu groß, und für einen Erwachsenen hat er sich zu schlecht benommen. Nach zwanzig Minuten, wie uns der Schaffner mit

dem Wasenmeister gedroht hat, der gemeine Kerl, hat Micky ein Auto genommen. Ich hab ihm zwar vorgeschlagen, er solle sich im Bristol ein Zimmer reservieren lassen und mich zum Nachtmahl einladen, aber Micky war ja so gierig auf das Wiener Volksleben. No, im Prater war er ja richtig rührend und brav. In der Grottenbahn hat er sich gefürchtet und auf dem Ringelspiel ist ihm so schön schlecht geworden. Ich bin mir vorgekommen wie ein Göd mit seinem Firmling. Und dann, auf dem Riesenrad, ist es geschehen.«

Ich ließ meine wachsbleichen Hände über die Decke irren wie ein wirklicher Kranker und genoß die Spannung der beiden Herren.

»Auf dem Riesenrad nämlich, gerade wie unser Waggon oben auf dem höchsten Punkt steht, wird Micky wahnsinnig und klettert aus dem Fenster aufs Waggondach. Und auf einmal redet er schrecklich amerikanisch und springt herum wie so eine Maus in der Falle, und mir wird es heiß und kalt, aber man kann das arme Vieh begreifen, es hat gesehen, daß ihm jetzt Wien tatsächlich zu Füßen liegt. Und ich klettere ihm nach und fühle das Schicksal Europas auf meinen Schultern. Wenn schließlich Chaplin oder Hoover vom Riesenrad fällt, aber Micky, der größte Amerikaner seit Abraham Lincoln. Das kann die größten Scherereien mit Amerika geben. Und oben ein eisiger Nachtwind. Turmhoch über der Stadt. Und ganz abgesehen vom Herunterfallen, kann Micky sich erkälten. Es gibt viele Orte, die um 100 Meter höher als Wien liegen, aber das war sicher einer der unbequemsten. Selbst Harry Piel wäre nervös geworden. Und da klappert über uns ein

Aeroplan, und Micky macht seine Arme vielleicht zehn Meter lang und packt den Aeroplan bei den Schwanzfedern, wollt sagen beim Höhensteuer. Und schon reißt es ihn in die Nacht hinauf wie nix. Micky winkt mir noch mit dem Schweiferl Morsezeichen zu und brüllt irgendetwas Schmeichelhaftes über Wien. Und ich beug mich wahrscheinlich zu weit nach hinten …«

»Eh schon wissen, mein armer, junger Freund!« Das war die gemilderte Amtsstimme von Herrn Hofrat Plawitschka. »In vorbildlicher Pflichttreue, Reporter bis zum letzten, haben Sie sich zu weit nach rückwärts gebeugt und sind im Gestänge des Riesenrades hängen geblieben, bis die Feuerwehr Sie abgeseilt und geborgen hat. Es hat mich wirklich sehr gefreut. Jetzt kurieren Sie sich schön aus, dann kommen Sie zur Schwurgerichtsverhandlung mit schönen roten Wangen!« Er klappte sein vollstenographiertes Notizbuch zu und lächelte ungemein altösterreichisch.

»Küßdiehandverehrung, Herr Hofrat. Ganz meinerseits. Wir werden keinen Richter brauchen.«

Mein Chefredakteur verweilte noch einen Augenblick. Ich winkte ihn heran und sprach mit der vorgeschriebenen matten Stimme.

»Und Sie haben kein Trosteswort für mich?«

«Momentan nicht einen Groschen. Aber wenn Sie wirklich brav sind, dürfen Sie wirklich mitkommen, wenn nächstens Greta Garbo durch Wien kommt. Mit auf den Bahnhof.«

»Und glauben Sie, Herr Chefredakteur, daß die Greta-Maus, pardon, die Micky-Garbo, himmelfix, ich deliriere, die Greta Garbo hinkende Reporter mag? Ich frage das nur so, der Herr Primarius glaubt nämlich, daß das linke Knie ein bißel steif bleiben wird.«

»… Möglich. Vielleicht. Wahrscheinlich. Bestimmt. Die Garbo liebt Hinkende.«

Sanft tätschelte er mir den Kopfverband.

Schützet die Silberlöwen!

Um Vergebung! Ich wollte natürlich schreiben »Schützet die Tauben«, habe aber gleich die letzte Konsequenz vorweggenommen. Die Sache kam so. Ich rannte heute morgens gegen einen netten alten Herrn an, bekam von ihm eine Ohrfeige, und an der Ohrfeige habe ich ihn wiedererkannt. Es war mein lieber alter Naturgeschichtsprofessor, und ich bin noch immer sein Lieblingsschüler. Er ist schon siebzig, aber Auge und Hand sind jung geblieben, und seine Zielbewußtheit hat er auch noch. Ich hab mich sofort entschuldigt, und dann kamen wir ins Gespräch. Über aktuelle Fragen. Und er hat mir die ganze Taubengeschichte erklärt, und die Sache ist so:

Es muß was geschehen! Gegen die Tauben. Also, ich persönlich hab gar nichts gegen sie, ich finde sie dekorativ, und manchmal spiele ich mit ihnen »Venedig«. Sie fressen mir gerne für acht Groschen Kukuruz aus der Hand und gehen dabei so gierig vor und so brutal, wie ausländische Mannschaften auf der Hohen Warte. Sie steigen einander sogar auf den Buckel und fressen so »zwei Mann hoch«, aber das ist gerade hübsch und graziös, und ich mag Akrobaten. Oft wecken sie mich des Morgens, sie trippeln auf dem Zinkblech des Fensterbrettes und sagen immer: »Nurrr Gurrr-ken! Nurrr Gurrr-ken!« Dabei schauen sie mit ihren Topasaugen einen lieb und zutraulich an, wippen mit den Köpfchen und liefern Guano. Manchmal rutscht eine auf dem Fensterbrett aus und kommt auf die schiefe Bahn, und dann steht einem direkt das Herz still, sie könnte hinunterfallen und sich weh tun, aber sie fangen sich immer wieder …

Mein Naturgeschichtsprofessor sagt, sie wären tuberkulös, aber ich habe sie nie husten gehört, und so glaub ich das nicht recht. Aber sie vergehen sich gegen den Denkmalschutz, und das darf man natürlich nicht. Mir wäre es auch nicht recht, wenn die Tauben dereinst auf mein Denkmal … na, das ist Zukunftsmusik. Auch gelten die Tauben als Sinnbild der Unschuld, das ist aber ein Schwindel, in Wirklichkeit haben sie eine Menge Kinder, und das werden wieder Tauben, und so geht das nicht weiter.

Man wird also Raben ansiedeln, solche Raben, die heißen so ähnlich wie Kulka, ah ja, Kolkraben. Das sind offenbar besonders kräftige, ernste und verläßliche Raben, sehr groß, sehr schwarz, sehr rabig sozusagen. Die werden also eingeführt, müssen in Schönbrunn eine Art Diensteid ablegen. Brav Taubeneier zu fressen, abwechselnd links und rechts zu fliegen, bei Nacht nicht zu hupen (zu krächzen) und besonders nett zu Fremden zu sein. Dann werden sie auf freien Fuß gesetzt, und jede Rabenfamilie bekommt einen Häuserblock zugewiesen zur Ent-Taubung und Ab-Eierung, wobei jungverheirateten Rabenpaaren die besten Plätze zugewiesen werden. Da wird eine große Nachfrage nach Taubeneiern losgehen, und ich sehe die Raben förmlich vor mir, wie eine Horde anspruchsvoller, lauter Kaffeehausgäste. »Ein Paar kernweiche Taubeneier für den Herrn Krächzinger!« »Drei harte für den Herrn Krakeehler!« Taubeneier, Taubeneier! Die Tauben werden ihnen begegnen wie Wiener eben verdächtigen Zugereisten. Mit liebenswürdiger Unterstützung, dann mit freundlicher Ablehnung, zum Schluß mit höflichen, aber gemurmelten Flüchen. Schließlich werden die Tauben beim Salzamt vorstellig werden (Abteilung Mieterschutz, höher oben) und werden sich beschweren, sie kämen mit dem Eierlegen nimmer nach. Das Salzamt wird sie achselzuckend abweisen, und so werden auch die Tauben schließlich sich sagen müssen: »Da kannst nix machen« und … der Stadt den Rücken kehren. Sie werden eben Langstrecken-Fliegen trainieren, und vielleicht wird ihnen der Segelflieger Kronfeld ein paar Tips geben. Und eines Tages werden sie fortziehen, mit vorwurfsvollem Gurren über die Dächer von Wien. Dann wird es in Wien ein paar Tage lang so zugehen, wie Altmeister Wilhelm Busch es vorausgesehen hat:

Die Raben in dem Rabennest
Sind aber kreuzfidel gewest!

Aber nicht für lange. Der Eiermangel wird sich bemerkbar machen, das soll schon vorgekommen sein. Man wird ihnen also versuchsweise Eier aufstreuen, an leicht zugänglichen Plätzen. Aber Eier lassen sich schwer aufstreuen, die zerbrechen dabei, und wenn Eier auf leicht zugänglichen Plätzen zerbrechen, kommen die Autos ins Schleudern, und die Chauffeure werden unwirsch, und das soll tunlichst vermieden werden. Auch die Raben werden von diesen aufgestreuten Eiern nichts haben, denn sie können sie nicht vom Pflaster auflecken, das können nur die Ameisenbären, und das ist wieder eine ganz andere Tierart. Man wird also die Raben mit Fleischresten und

Küchenabfällen füttern. Da aber so ein Rabe auch nicht alles auf einmal aufessen kann, werden manche Küchenabfälle liegenbleiben. Mein Naturgeschichtsprofessor hat es mir erklärt, dann entsteht sogenanntes Aas, Rabenaas. Die Tauben schaden den Häuserfassaden, die Äser aber verschandeln das Geruchsbild einer Stadt. Auch werden sich die Raben um das Aas balgen, die tun das immer und girren dabei viel lauter, als die Tauben es je gekonnt hätten. Und vorgehen wird man gegen die Raben auch nicht können, denn sie sind dann städtische Eierbeamte, und die kann man nicht so mir nix dir nix wegschießen ...

Nein, wenn sich schon jemand um Aas balgt, dann sollen das die Geier tun! Die Aasgeier leben in Indien und machen sich aus den Kolkraben nicht soooviel. Ein einziger Aasgeier ißt im Tag drei Kolkraben samt Haut und Haar, wollte sagen, samt Federn und Schnabel und lächelt dabei. Man wird also den Indern Salzburger Loden schicken und Emmentaler Käse, und die geben uns gern dafür ein paar Geier. Tausend Stück werden für den Anfang und das Weichbild Wiens genügen. Aasgeier sind stille, ernste, solide Leute, sie hocken tagelang unbeweglich in den Dachrinnen, die man zu diesem Zweck verstärken und stützen wird. Für gewöhnlich haben Aasgeier keine Köpfe. Sie verbergen sie in dem struppigen Halsgefieder, sie haben so eine Art Boa, eine ganz verraufte. Plötzlich aber haben sie doch Schädel, sogar welche mit riesigen Glatzen und roten Kröpfen. Diese Köpfe schnellen sie plötzlich hervor und schreien dabei ganz laut und eigenartig heiser und guttural. Es klingt so ähnlich wie »Goal! Goal!« Damit werden sie sich bei den Wienern sehr beliebt machen, denn die sind sehr fußballfreundlich, und bald werden in den »Wiener Bildern« die ersten Photos auftauchen: »Leo Slezak füttert die Geier vor der Oper.«

»Marlene Dietrich mit ihrem Töchterchen Heidede und einem zahmen Aasgeier auf der Schulter.« Auch in St. Marx werden sich die Aasgeier wohlfühlen, dort werden sie ihre Zentrale haben. Bald aber werden auch sie Anlaß zu Klagen geben. So ein Aasgeier ist eben doch ein Kind der Natur, und so ein Kind der Natur schießt und stößt plötzlich auf einen Luftballon-Verkäufer hinunter, weil es meint, die roten, grünen und blauen Kugeln sind was zu essen. Dabei sind Luftballons für einen Aasgeier etwa das, was für unsereinen Windbäckerei, Luft ist nichts wie Luft. Auch werden sich in den Küchen dann etwa folgende Dialoge abspielen: »Marie, wo sind denn die anderthalb Kilo Lungenbraten?« »Marandanna, gnä' Frau, grad vorhin sans no am Kuchelfenster gstanden! Das war gwiß wieder so a Luderviech, so a Geier!« »Unsinn, immer Lügen! So gerochen hat der Lungenbraten gar nicht!« »Das war aber a Geier von nebenan, vom Achterhaus, dö fressen a was Frisches! Wo haben denn mir Geier!« »Es ist gut! Am Ersten machen sie ihre vierzehn Tage!« »Ah da schau her? Wegen was denn grad i? Warum net der Geier?!« U.s.w. u.s.w. Und am Ende könnten sich auch die Aasgeier auf den Fremdenverkehr schlagen. Zu denken, es säße eine vornehme Ober-Lady oder Dutchess auf der Terrasse des Kobenzl-Hotels, und auf einmal saust so ein unsoignierter Aasgeier hernieder und entführt den Griffon, den Zwergbully, den Grey-Hound der Dame hohnlachend in die abendblauen Wienerwald-Lüfte! Die Lady kriegt einen Schreikrampf, ihr Cavalier boxt den Ober nieder, dann muß sich der Hotelier bei der Lady entschuldigen, dann muß sich unser Gesandter in London entschuldigen …

Nein und tausendmal nein! Hinaus mit den Aasgeiern und her mit den Pumas! Der Puma ist der letzte Ausweg. Vor dem Puma, auch Silberlöwe genannt, haben die Aasgeier eine heillose Angst.

Die Aasgeier leben lieber in Indien, um mit den Pumas, die in Südamerika beheimatet sind, nicht zusammenzutreffen! Weg sind sie, mit ehernen, schweren Flügelschlägen! Und jetzt durchschnurren die Pumas die Stadt. Es sind keine wirklichen Löwen, sie erreichen bloß Bernhardinergröße. Doch sind ihre Pfötchen viel samtiger, sie haben Augen wie Smaragde und wunderschöne Haarbüschel an den Ohren! Endlich ein vierbeiniges Tier, ohne Flügel! So recht das, was man in Wien ein »fesches, tulliches Katzerl« nennt. Sie werden bezirksweise aufgeteilt werden und bekommen Mascherln in den Landesfarben ihrer Bezirke. Mit Recht mahnen einander die Preis-Schnapser: »Schreib dir a Bummerl auf!«, und im Stadion werden die Bummerl geschossen. Bei den Pumas ist das ganz ähnlich, bloß schreiben sie sich – sofern sie das können, mit einem harten »P«. »Pummerl! Pummerl! Miez, miez, miez …« Das Pummerl fällt den Menschen übrigens fast nie an, außer, wenn es sehr gereizt und übernächtigt ist. Oder in der Brunftzeit. Allerdings, die Motorradfahrer werden ihnen nicht über die Schwänze fahren dürfen. Aber dann fressen sie halt höchstens einen, Motorradfahrer haben wir genug. Von unserem Klima haben die Pummerln nichts zu fürchten, es wird ohnehin immer wärmer und wärmer. Man wird ihnen auch Notställe in den städtischen Bedürfnisanstalten, in den Remisen und Garagen einrichten. Und nicht gerade die Telefonzellen betreten, in denen ein Pummerl brütet oder seine Jungen aufbewahrt. Wie behaglich schnurrend werden die Bezirkspummerln neben den Portiers unter den Haustoren sitzen! Wie werden die Kinder auf dem Spielplatz jubeln, wenn sie die jungen Pummerln im Sande rollen. Das Pummerl gewöhnt sich bei guter Pflege auch an den Genuß von Mehlspeis!

»Putzi, sei ein braver Hund, such schön das Pummerl!« Bulldoggen, an die Front! Und in schwülen Sommernächten werden die Pummerln auf die Dächer krallen und in den ohnehin verstärkten Dachrinnen ihre Liebeslieder singen!

Die Pummerln wollen eben auch ihre Hetz haben ...

Das ist es wert ...

Weggefährten

Ein Steckbrief gegen so manchen

Solch eine Trambahn, solch ein Autobus sind kleine Staaten im Staate. Die große Kinderfrau, die jeweilige Stadtgemeinde, nimmt uns in ihre nervigen Arme. Da sie aber schließlich nicht persönlich den schwierigen Wartungsdienst übernehmen kann, schickt sie einen uniformierten Vertreter, den Schaffner. Der Schaffner ist auch heute noch für viele eine problematische Erscheinung. Ist er unbedingter Herr über Leben und Tod für die Fahrtdauer? Oder ist er – diese Meinung herrscht vor – nichts als Animiermädchen für säumige Kartenlöser, Verstauer und Packknecht zusammengelegter Kinderwagen und fettiger Pakete? Darf man ihm etwas geben? Und wenn, wie wird er es aufnehmen? Meist überhaupt nicht. Und das ist gut so. Bloß in Amerika ist der Schaffner bereits in dem glücklichen Stadium völliger Unpersönlichkeit. Man steckt ihm die kleine Münze in der Nabelgegend in den Bauch, und der kleine, sinnvolle Apparat, den er um die Hüften geschnallt trägt, spendet eine Karte. Kein Wort wird gewechselt, auch keine Münze. Göttliche Unpersönlichkeit. Hier ist er wahrhaftig nur »Träger« der Amtsgewalt. Aber eines bleibt. Man ist für die Fahrtdauer dem lieben Nächsten ausgeliefert. In jedem Mietshause sind die Wohnparteien einander ja auch nach Kräften unsympathisch, aber man kann ja nicht gleich ausziehen. Hier noch weniger. Aber man lernt den Nachbarn im Verlauf einer Viertelstunde gründlich kennen und lieben. – Eine der verhältnismäßig harmlosen Typen ist der *Mann mit der Zeitung*. Er hält sich meist auf der Plattform auf, weil es da heller ist. Und in der Nähe des Trittbretts, weil er da den frischen Fahrtwind genießt. Muß er an den Stationen für die Umsteigenden Platz machen, ist er nicht gerade böse, aber indigniert. Die Leute lassen ihn eben nicht lesen. Der rechte Ellenbogen wird in eine Halteschlinge verhakt, die Hand hängt schlaff herab. Der linke Oberarm an den Körper gepreßt, Unterarm fünfundvierzig Grad abgewinkelt. Die Linke hält die kleingefaltete Zeitung. Zeitung, Arm und Leser bilden ein Ganzes aus einer Art Gußeisen. Denn der Zeitungsmann hat steife Knie. Niemals wird er in den Kniekehlen weich, er schwankt steif und hölzern wie ein sterbender Urwaldbaum im Hurrikan. Jede Schleife, jede Straßenkreuzung macht ihn schwanken, er kippt von den Fersen auf die Zehenspitzen und ruhet nimmer. Er raucht dazu eine tunlichst lange Zigarre oder eine hellglühende Zigarette aus extralanger Spitze. Damit kitzelt er die zunächst Stehenden, denen das auffällt. Aber Gott hat dafür gesorgt, daß die Bäume nicht in den Himmel wachsen. Für den Zeitungsmann gibt es eine Zuchtrute, den Mitleser. Dieser Subabonnent ist ein tüchtiger Bursche. Er kauft sich prinzipiell keine eigene Zeitung. Da er aber doch die Nachmittagsblätter lesen muß, ringelt er sich, duckt er sich, wendet das Hälschen, schlängelt sich an hochgewachsenen Zeitungsbesitzern empor, ein bildungshungriger Efeu. Bisweilen riskiert er selbst Klimmzüge an den ledernen Halteschlingen. Er macht sich klein und nascht (von unten) etwas Leitartikel einer linksgerichteten Zeitung. Dann gibt er sich die Pose einer wartenden Nymphe und kostet etwas Volkswirtschaft aus einem rechtsradikalen Blatt. Und schließlich blickt er dem kleinen, dicken Vordermann wohlwollend über die Schulter und orientiert sich spielerisch über die sinkenden Schlachtviehpreise. Er hat nur einen Fehler. Er liest – aufgeweckt wie er ist – schneller als die rechtmäßigen Zeitungsbesitzer. Da er diesen das Blatt – am liebsten täte er es ja – doch nicht gut aus der Hand nehmen kann, beginnt er sie zu verachten und haßt sie schließlich. Die Zeitungsmänner knurren ihn an. Menschen, denen ihr geistiges Streben zum Verhängnis wird.

Doch gibt es auch Sklaven des Fleisches. Da ist zunächst der *Frauenfreund.* Sein Geschmack ist universell. Er sucht das ewig Weibliche. Mit Knie und Ellenbogen. Sitzt er neben einer Dame, schmiegt er sich recht traulich an. Bisweilen kommt er an Vormittagen in Not, da fahren die netten Damen zum Shopping, und wenn sie die Seidenbeine kreuzen, um das Fahrgeld aus dem Handtäschchen zu nehmen, weiß er nicht, wohin er zuerst schauen soll. Hingegen hat er gegen sechs Uhr, wenn die hübschen Ladenmädchen im überfüllten Waggon nach Hause fahren, goldene Zeiten. Er bietet keiner seinen Platz an. Hingegen gelingt es ihm bisweilen, die Knie einer vor ihm stehenden jungen Dame zwischen die seinen zu klemmen. Die sendet ihm von oben einen Tausend-Tonnen-Blick, er wird bleich, greift mit vagem Grinsen an den Hutrand und steht linkisch auf. Wortlos und verärgert setzt sie sich, er pflanzt sich vor ihr auf, Rollen und Möglichkeiten sind gewechselt. Er äugt und versucht, Einblicke in den Halsausschnitt der Dame zu erlangen. Er ist ein lieber Kerl und muß besonders als Ehemann unterhaltend sein ... – Verhältnismäßig selten, aber ungemein lehrreich, vielseitig und unterhaltend ist der *Zahnstochermann.* Er schwingt sich auf. Schon sein Äußeres verrät den Kenner der Tafelfreuden. Der richtige Zahnstochermann ist so beschaffen: Er nimmt in Budapest ein opulentes Mittagessen zu sich, steigt (Zahnstocher im linken Mundwinkel) in den D-Zug, und wenn er in Berlin am Anhalter Bahnhof wohlgemut abklettert, hängt der Zahnstocher im rechten Mundwinkel. Dieser Zahnstocher ist seine liebste Erinnerung an das letzte treffliche Mahl (und er nimmt nur treffliche Mähler zu sich), und er würde um nichts in der Welt sich von ihm trennen. Man fragt sich vergeblich mit schwirrendem Gehirn, wo dieses Mannes Wiege stand? In Kamtschatka? In Nigeria? Auf einer noch unentdeckten Südseeinsel? Wahrscheinlich stand sie überhaupt nicht und nirgendwo. Auch die Kinderstube, die er nicht genossen hat, muß erst entworfen werden. Jetzt jedenfalls ist der Zahnstocherer sozusagen erwachsen, und man hat sich mit dem Ergebnis abzufinden. Er putzt zunächst einmal sorgfältig seine Zähne durch. Manchmal muß er durch Zungenschnalzen und Lufteinschlürfen nachhelfen. Dann klemmt er ihn zwischen beide Schneidezähne und versucht, ihn mit der kräftig ausgebildeten Zungenspitze von da herauszustoßen. Zieht ihn schließlich heraus, klemmt ihn mit dem breiteren Ende ein und entlockt ihm mit Unterlippe und Zungenspitze schwirrende Brummtöne wie einer Maultrommel. Einstweilen ist es Zeit geworden, sich die Ohren zu putzen. Der etwa acht Zentimeter lange Zahnstocher verschwindet fast zur Gänze im äußeren Gehörgang. Nein.

Er durchstößt sich n i c h t das Trommelfell. Das ist – dank dir Mutter Natur – etwa in der Gehirnmitte gelagert. Wird er den Zahnstocher beim anderen Ohr herausziehen? Er ist kein Taschenspieler, er ist ein ernster Mann. Zieht ihn beim selben Ohr heraus und wischt ihn kopfschüttelnd am Revers seines Rocks.

Wie lieb und erfrischend wirkt hingegen der junge, kindliche Mann, der *Pfeifer*! Er hat entsagt. Er hat genossen. Er kennt die Mädchen, die Weine, die Musik aller Länder. Der Bonvivant sind W i r. W i r lassen den einen Unterarm zum Fenster hinaushängen und gewissermaßen nachschleifen. W i r setzen uns schräg hin, so daß wir etwa anderthalb Sitzplätze brauchen. Daß er seine Füße in spiegelnden Lackschuhen nicht auf den gegenüberliegenden Sitz legt, hat seinen Grund nur darin, daß er fürchtet, sich auf dem staubigen Sitz die weißen Gamaschen aus Leinen schmutzig zu machen. Der Blick ist müde und leidend. Das Leben ist hart, die Statisterie uninteressant, die Fahrt lang. Er beginnt zu pfeifen. Leicht und melodisch, er ist meist musikalisch, pfeift nicht schlecht. Bloß zu viel. Es ist stets der neueste Modeschlager, tadellos richtig, lobenswert kontrapunktiert. Manchmal ist ihm eine Passage entfallen, dann runzelt er leicht die Stirn und beginnt von vorne, bis er's kann. Der Autobus hält. Der junge Mann nickt müde Bestätigung und läßt sich vom Trittbrett gleiten. In dem Moment, da sein Fuß den Boden berührt, hört er zu pfeifen auf …

Es kommt ja alle heiligen Zeiten vor, daß ein stiernackiger Mann im fettigen Arbeitsrock, mit gesprungenen, schwieligen Fäusten und einem grauen Walroßschnauzbart, auftaucht und eine der oben erwähnten Typen durch Anbrüllen zum Verstummen, zum Geradesitzen, zum Aufgeben ihrer Lieblingsbeschäftigung bringt. Dann aber entwickelt sich der Anschnauzer erst recht seinerseits zu einer Landplage, denn er ist voll des süßen Weines. Er erfüllt das Wageninnere mit lautem Schall, fährt nach Möglichkeit bis zur Endstation mit und noch ein Stückchen weiter und verkündet noch in der Remise jedem, der es nicht hören will, w i e er es dem Kerl gezeigt habe.

Seht den lieben, kleinen Mann gleich bei der Türe! Unscheinbar und zufrieden in seinem grauen Röckchen, bohrt er still in der Nase. Ihm können Zeitungs-, Zahnstocher- und Pfeifmänner nichts anhaben. Sein Blick geht ins Leere, er denkt vielleicht an sein Abendbrot, vielleicht an seine Liebste, vielleicht auch nur an den nächsten Ersten. Nasenbohren ist wundervoll. Lenkt ab, beruhigt, läßt zu sich selbst kommen, ein stiller, beschaulicher, billiger Sport für die, die Einkehr bei sich selbst halten wollen. Sagt mir nichts gegen die Nasenbohrer und stört sie nicht! Denn zu ihnen gehört auch der Typenbeobachter und Enthüller

Peter M a h r

Der Mann, der nicht heiser wurde

Wie alle, die ihrer Zeit voraus sind, wurde auch er mißverstanden …

Er stand hinter seinem improvisierten Tischchen und setzte ab. Er setzte ab, verkaufte wirklich und wahrhaftig, und schon das war verdächtig. Tollkühn warf er sich mit geschmeidigem Oberkörper über sein Tischchen und warf es beinahe um. Dann aber hatte er auch jedesmal jemanden beim Ärmel, der unwillig grunzte, die Stirn runzelte und schließlich in Gottes Namen ein Weilchen blieb und zuhörte. Hingegen wurde eine Anzahl ganz junger Leute, die das Alter von zehn Jahren noch nicht erreicht hatten, aber fürs Leben gern zugehört hätten, wiederholt rücksichtlos zurückgewiesen. Er hatte den Blick für zahlungskräftiges Publikum und wurde, wie gesagt, nicht heiser. Das muß er schon lange vor dem Krieg, etwa im Jahre 1910, besorgt haben, und seither hat er wohl, auch im strengen Hochsommer, ein Reibeisen im Kehlkopf.

So aber sprach er, der Verkäufer von 1930: »Damen und Herren, bitt schön, treten Sie einmal alle ungeniert näher – schauts, daß ihr weiterkommts! (Damit meinte er die Knäblein.) – Wer mir meine Auslage einhaut, der muß sie mir nicht ersetzen. Sie brauchen keine Angst net haben, das is ein reelles Geschäft! Meine Herren, nehmen S'Ihnen jetzt einmal das bisserl Mühe und schauen'S einer dem andern ins Gesicht! Da haben wirs schon! Jeder hat eine Füllfeder, jeder braucht eine Füllfeder, egal, was sie sind, ein Prokurist, ein Fleischhauergehilfe, ein Hauptmann, ein großes Tier oder ein Fixangestellter, da nutzt einmal nix, seine Füllfeder muß der Mensch haben! Sie schrauben also alle ihre Füllfeder gewissermaßen auf, Sie geben Ihnere Unterschrift: auf das Zeugnis vom Buben, auf die Rechnung für die Gas, für das Elektrische, auf die Steuervorschreibung oder was sie halt haben. Sie schrauben die Füllfeder wieder zu, sie stecken sie in die Brusttasche, ins Westentaschl, in die Hosentasche, das is alles eins, gerade oder kopfabwärts, das bleibt sich ganz gleich; es fließt kein Tröpferl Tinte nicht heraus; ja das is eben der Nachteil von der veralteten Füllfeder ...«

Die Augen wurden starr, und durch die Menge ging es wie ein Stoß. Er hatte bisher ohne Pause gesprochen und pumpte sich, sanft zischend, einen winzigen Augenblick lang, voll Luft.

»Meine Damen, alsdann, jetzt sagen Sie einmal, wie langweilig is das Leben der Hausfrau, wann sie keine Flecken mehr zum Ausputzen hat aus die Anzüge vom Herrn Gemahl, bitt schön! Es is ihr ja so fad, so langweilig, zum Auswachsen, die Hausfrau kommt ja direkt auf schlechte Gedanken, net wahr, meine Gnädigste?«

Eine zarte Rotblondine schlich verschüchtert von dannen, und dumpf schweigend schloß sich der Ring enger um das Tischchen.

»Damen und Herren, da is m e i n e Füllfeder – Gott sei Dank! – ganz anders, die macht Flecken, schauen Sie her, wie herzig, wie technisch, wie lieb sie ist von außen, wie der Tscharii Schaplöh, mit ihrem Häuserl aus Hartgummi und mit der Nickelklammer! Ganz wie eine wirkliche Füllfeder! Alsdann jetzten lege ich sie auf den

Boden, auf die Erde, am Asphalt und belaste sie vorübergehend mit siebzig Kilogramm, das is mein Körpergewicht, mehr tragt s' nicht. Sie sehen, seit was ich auf sie getreten bin, ist sie bereits ein bisserl hin, no ja, ein wenig marod, ein bisserl ruiniert, verdorben.

Ich schüttle nunmehr die Feder kräftig, damit die Tinte ordentlich ins Fließen kommt, und nachher stecke ich sie, bitt schön, in die Tasche. Sie sehen, wie ein Fleck auf meinem hellen Sommeranzug entsteht, da beim Brusttascherl, da is er ja, er ist so groß wie eine Erbse, wie eine Haselnuß, wie eine Zwetschke, wie ein Apferl, wie ein Apfel, bitt schön, und um die Wirkung recht deutlich zu machen, reibe ich noch kräftig mit der Hand nach, damit sich die Tinte schön in das Gewebe hineinfressen kann. Sie sehen, mein Anzug ist total ruiniert, verdorben, unbrauchbar, nicht mehr zum Anschauen, zum Weghauen, nicht einmal, daß der Bettler Ihnen das annimmt, der Bettler würde Ihnen das Gwandl am Schädel, auf den Kopf, ins Gesicht hauen, und recht hat er, der Bettler tragt keinen Anzug, was Flecken hat …«

Es war tatsächlich so. Gern wären die Zunächststehenden zurückgewichen, aber die Nachdrängenden klebten und quetschten sie näher an Tischchen und Mann. Der kam immer mehr in Ekstase und ins Wienerische, was ihn ungeheuer zu erleichtern schien.

»Alsdann, was tut jetzten die Hausfrau, meine Damen? Sie nimmt Salzsäure, sie nimmt vierblättrige Kleesäure, sie nimmt rauchende Schwefelsäure, sie nimmt doppelkohlensaure Salpetersäure, es nutzt halt alles nix, der Flecken geht net heraus! Was macht jetzten die Hausfrau ohne meinen Patent-Füllfedertinten-Fleckenputzstift, was zu jedem Stück Füllfeder mitgeliefert wird?!«

Er langte ein spitziges, tückisch-grünliches Ding aus einem Kistel und spuckte diskret, aber sehr ausgiebig auf seinen Rockaufschlag.

»Mein Patentstift – schau, daß du weiterkommst (er meinte ein Knäblein) – entfernt jeden Flecken, wenn Sie nur recht fest reiben. Sie sehen, ich reibe so kräftig, daß das Gewebe sich ganz zerfranst, man muß recht lang reiben, aber Sie sehen, der Fleck is weg, dort, wo der Fleck war, is jetzt ein Loch, nicht viel größer als meine Hand, bitt schön. Der Anzug is jetzt tadellos, wie neu. Sie können ihn wieder tragen, können ihn auch dem Bettler schenken, ganz nach Belieben.«

Es war tatsächlich so. Ein älterer Herr mit hohem Stehkragen begann halblaut zu schluchzen.

»Damen und Herren, wir kommen jetzten zum Preis! Was kostet Ihnen heute eine Fahrt auf der Elektrischen? Dreißig Groschen, wann Sie Glück haben! Und eine Fahrt in den Prater? Sicher dasselbe, aber in Schillinge! Aber wir wollen ja an der Füllfeder nix verdienen, wir schenken Ihnen dieselbe fast gratis, mir sind von Kopf bis Fuß auf Billig eingestellt, das is der Restposten eines Artikels, was wir jetzt auflassen. Bei uns kriegt jeder, was die Füllfeder kauft, noch einen Patenstift dazu und außerdem ein herziges, mollertes zweisitziges Kleinauto! Das Wagerl is natürlich kein Ford, kein Steyr, nicht einmal ein Rolls-Royce! Aber laufen tuts, und das bisserl Benzin rentiert sich, und wie oft, meine Damen, braucht heute die Hausfrau ein Kleinauto, wann sie rasch zur Greißlerin, zur Modistin oder so wohin muß! Das Wagerl is gegen einen solchen Gutschein, wie Sie ihn hier sehen, täglich beim städtischen Salzamt zu beheben. Und das alles, das Auto, den Patentstift und die Füllfeder noch dazu, zum Preis von zwei Schilling fuffzich Groschen! Wann Sie zufrieden sind, so sagen Sie es mir, wann Ihnen was nicht recht is, so sagen Sie es den anderen …«

4

Das kleinste Welttheater

Der steinerne Gast

Er wurde in die Welt gesandt, um Schauspielern, Conférenciers, Tänzerinnen und verwandten Berufen die Nichtigkeit aller ihrer Bemühungen vor Augen zu führen. Auf daß ihnen nicht allzu wohl werde. Er ist – speziell im Kabarett – gefürchteter als etwa ein Steuerexekutor. Ob er von dieser Welt ist? Ob er bei der Ausübung seines Rachewerkes selbst leidet? Die »Gaukler« wissen es nicht. Aber scheu tuscheln sie einander hinter dem Vorhang zu, er sitze unten. Er! Der steinerne Gast. Meist nützt alle Holzklopferei nichts mehr. Eine unheimliche Gewalt geht von ihm aus. Er, der einzelne, kann einen vollen Saal verstimmen, verdüstern, er vermag, um im Bühnendialekt zu reden, eine »Vorstellung glatt zu schmeißen«, »unter die Erde zu bringen«, zu »vermasseln«.

Tritt etwa der Conférencier vor den Vorhang, so sieht der steinerne Gast auf den ersten Blick gar nicht so unirdisch aus. Aber ein wehes Zucken durchläuft den ganzen Ansager. Den steinernen Gast erkennt man nämlich schon am Aussehen. Er ist gut, durchaus unauffällig, in Grau gekleidet. Das sind andere Herren im Saal auch. Aber an ihm ist Grau wirklich grau. Der steinerne Gast ist älter. Er ist in den besten, vielleicht auch in den schlechtesten Jahren. Er ist höchstens fünfundsiebzig, bestenfalls fünfundvierzig. Der Schädel ist kahl oder dünn behaart. Die Haare sind von unbestimmter Farbe. Er ist meist glattrasiert, ein kleiner, graumelierter Schnurrbart ist das Äußerste, was er sich leistet. Der Mund ist nicht sichtbar, er tut sich nicht auf, um einen Mokka zu bestellen, er wird nicht zum Lächeln verzogen, nicht einmal zum Gähnen aufgerissen. Der steinerne Gast sitzt in seiner Lieblingspose da. An der Schmalseite eines Tischchens, zur Tischkante geneigt, mit übereinandergeschlagenen Beinen. Die Rechte in der Hosentasche. Der linke Arm wird aufgestützt, das Gesicht in die Hand geschmiegt, der ganze Kopf leicht nach links geneigt. So. Er ist bereit. Und so vermag er drei Stunden auszuharren. Ohne Speise und Trank zu sich zu nehmen. Ohne sich zu regen. Scheinbar selbst, ohne Atem zu schöpfen.

Das Furchtbarste am steinernen Gast sind die Augen. Die erscheinen gespenstisch groß. Und weit offen und leer. Oder nicht leer. Ihr Ausdruck ist nicht zu schildern. Vielleicht liegt Verwunderung darin, aber dann ist es menschlich abgeklärte Verwunderung. Und ein grenzenloses Mißverstehen. Doch man weiß von diesem Mißverstehen nicht, ob es nicht bloß gemimt ist. Den steinernen Gast muß man einmal erlebt haben …

Der steinerne Gast tötet, lähmt, verstört, verschreckt alles. Nicht nur die Zwischenrufer und berufsmäßigen Störer, nein, auch das gemütvolle und wirkliche Publikum. Man schämt sich in seiner Anwesenheit des Lachens wie der Tränen. Er bringt Witz, Satire, Ironie und tiefere Bedeutung zum Verstummen. Wiewohl er gar nichts tut, gehen selbst von seinem Rücken, von seinen Schultern, von seinem abschüssigen Hinterkopf die Todesstrahlen der Langeweile aus. Zuerst schämen sich die Tische rechts und links von ihm, werden ruhiger, gedämpft, still. Dann lähmt er schön langsam alle Tische in seiner Reihe. Und endlich läuft die Stimmungslosigkeit in eisigen, schweren, langsamen Wellen nach rückwärts, auch die Galerien und Ränge würden nicht mehr mitgehen, sofern Galerien und Ränge da wären. Er braucht sich nicht einmal umzusehen, der steinerne Gast, er wirkt durch sich selbst …

Wie er das rein »technisch« macht? Er lacht nicht. Er läßt sich nicht rühren. Er denkt noch weniger nach als die anderen. Er ist nicht dagegen, o nein, das wäre noch halbwegs menschlich. Noch weniger aber ist er dafür. Er ist eben gerade heute abend zufällig hereingekommen und »wohnt der Vorstellung bei«. Vielleicht würde sein Körper, wenn der Ober ihm zufällig auf die Schulter klopfen wollte, zu grauem Staub zerfallen. Wo ist sein Geist? Im Dampfbad? Im Schnellzug nach Zagreb? Bei der letzten Bridge-Runde? Der steinerne Gast hat keine Beinhautentzündung, er hält sich die Wange nicht aus zahnigen Rücksichten, er ist nicht geschwollen. Er ist nicht blind, denn er läßt die Augen entlang der Soubrette auf und ab gleiten. Er ist auch nicht taub, denn er ist vorhin vom Klavierspieler abgerückt. Er ist nicht bankrott, er hatte noch das Geld, um seine Karte und einen Soda-Whisky zu bezahlen. Wäre er aber ein Defraudant, so würde er ein ausgesprochenes »Betäubungslokal« aufsuchen. Er ist auch kein Fremdsprachiger, denn er neigt in den Pausen – durch den Vorhangspalt sehen es zitternd die Gaukler – das Haupt und liest das Programm. Er ist auch kein gelangweilter Milliardär, sonst würde er einen Tausend-Dollarschein auf die Bühne werfen. Und er ist auch kein »Kollege«, keiner »vom Bau«, denn die stänkern direkt, wenn es gerade nötig ist.

Der steinerne Gast schaut nicht, er blickt. Seine Blickachsen haben keine bestimmte Richtung, aber die Augen sind überall. Nach einigen Minuten bringt dieser Blick den frechsten wie den charmantesten Conférencier aus dem Konzept. Der steinerne Gast findet prinzipiell nichts gut. Aber auch nichts schlecht. Sein Hirn, seine Augen und Ohren bleiben stundenlang gleich aufnahmefähig oder gleich vernagelt. Bilder, Töne, Farben, Späße, Verwandlungen, Ansagen … alles, alles geht hindurch, fällt in ihn hinein und wieder heraus, er nimmt es nicht einmal zur Kenntnis.

Gegen den steinernen Gast gibt es keine Hilfe. Das Kabarett ist sichtlich um ihn herum erbaut. Man könnte ebensogut versuchen, einen der gewaltigen Stützpfeiler im Kabarett-Saal wegzubrechen.

Und doch spielen alle für ihn, gegen ihn, schließlich ihm zum Trotze, und er merkt es gar nicht. Der Ansager beginnt zu schwitzen und zu stottern, läßt Pointen fallen, die nicht einmal klirren. Die Tänzerin stolpert über die eigenen Absätze, reißt sich eine Leiter in den Strumpf. Der Sängerin kommt Speichel in die unrechte Kehle, sie übergickst sich. Die Diseuse versucht, mit ihm zu kokettieren, vergißt den Text, bleibt stecken. Der Pianist haut daneben, versucht neue Tonarten, überholt den Chansonnier. Der Beleuchter dreht die falschen Birnen an. Der »Umbauer« läßt einen gedeckten Tisch aus den Händen fallen …

Und wenn sie, nach der Vorstellung, in der Garderobe zischen und knirschen über den »total versauten« Abend, dann … Dann zieht der steinerne Gast draußen die

Rechte aus dem Hosensack, zahlt mit derselben seine kleine Zeche, setzt mit der bisher stützenden Linken den Hut schon im Saal auf und geht. Nicht zu wenig, nicht zu viel. Ob er sich draußen in Rauch auflöst? Ob er im Nebel zergeht? Ob die blauschwarze Sommernacht ihn färbt und verschluckt? Vielleicht. Das ist der steinerne Gast oder »Der Sieg der Passivität«.

Wochenschau zu Hause

Es ist unwahr, daß es dem Schauspielernachwuchs vielfach an Talent mangelt. Wahr ist vielmehr, daß ich unlängst mit einer ungemein netten, kaum achtzehnjährigen, schlanken und haselnußbraunen Schauspielschülerin spazierenging, was mir zur großen Ehre gereicht. Die ist ein ungemein anstelliges, intelligentes, gutwilliges und phantasiebegabtes Individuum. Die Kritik sei ihr dereinst leicht, sie ist wirklich begabt.

Als wir uns vor dem Hochhaus trafen, hielt ich ihr wortlos zum Gruß meinen letzten Schilling entgegen. »Ich hab auch noch fünfzig Groschen,« sie sagte das liebenswürdig, mütterlich, verständnisvoll, ohne von der Summe viel Aufhebens zu machen. Wohin sollten wir? In den Prater? Sie trinkt kein Bier. Ins Volkscafé? An einem so schwülen Spätsommertag ist draußen genug Heißluft. Auf einmal hatte ich es! »O du mein Süßes, du meine Mittelstandsduse, kennst du das Spiel ›Wochenschau zu Hause‹? Ich führe Dich durch alle Länder, über alle Meere, du mußt nur alles glauben und gescheit sein und jede, jede Rolle übernehmen?!« Sie war doch etwas besorgt: »Aber keine ganz schlechte, ja? Solche habe ich auch zu Hause!« »Natürlich nur tragende Rollen!« Und gerührt strich ich ihr übers Haar, ließ sie dann vor dem Hochhaus warten und holte zehn Sportzigaretten. Und das war die erste Station:

Gangster in Chicago

Als ich aus dem Hochhaus herauskam, pfiff und blinzelte ich nach einem vorhangverschleierten Fenster hinauf, grunzte befriedigt und sagte heiser, brutal, gangsterig: »O key, Baby! Der dreckige Jim dreht heut ein großes Ding in Frisco! Müssen mit dem Nachtschnellzug hin!« Sie hatte bereits verstanden. Kniff das eine Auge verrucht zu und sprach mit nachsynchronisierter Stimme: »Hoho, Bankeinbruch!? Feiner Kerl, der dreckige Jim! Come on, boy!« Und dann rannten wir zum »Haarhof«, um den Nachtexpress nach Frisco zu erreichen, der wartet nämlich nicht. Aber das Spiel »Wochenschau zu Hause« hat ein weiteres Gutes. Man kann Stationen einlegen, wie zum Beispiel:

Stierkampf in Marseille

Als Arena von Marseille kann sehr gut der Judenplatz verwendet werden, den ich der hoffnungsvollen Bühnenkünstlerin mit weitausholender Geste als Arena und Hauptplatz von Marseille vorstellte. Und sie sagte bewundernd, voll erstaunter Sittsamkeit: »Ihr seid schon lange Torcador, Caballero?« Darauf ich, herb, mit bescheidenem Stolz: »Seit meiner Geburt, göttliche Juana. Und wo nehmen wir jetzt den Stier her?« Nun, da saßen vor einem Geschäft im werdenden Abendsonnenschein zwei sehr bulldoggartige Wesen. Der größere Bulldogg rauchte und stellte sich als ein sehr umgänglicher, älterer Herr mit wuchtigem Schnurrbart heraus. Und als meine Partnerin ihn mit einem zierlichen Knicks fragte, ob er uns seinen –

den kleineren und wirklichen Bulldogg – zu einem »Stierkampf« borgen wolle, fiel ihm beinahe die Pfeife aus dem Mund, so daß ich ihn beruhigte: »Die Fräuln is nämlich vom Theater!« »Ah sooo!« Er lächelte freundlich und verzeihend, und der etwas kurzatmige Bulldogg erwies sich als sehr talentierter Stier. Wir reizten ihn mit einem rotseidenen Taschentüchlein, das der jungen Wolter-Anwärterin gehörte. Und ich machte die zierlichsten Kreuzschritte, »Veronikas« und Eskapaden, sonst hätte der Stier das rote Tuch erwischt und verschlungen. So haben wir noch keinen Stier hüpfen, bellen und geifern gesehen! Selbst als wir ihn schon – in Ermangelung eines Degens – mit dem Zeigefinger zwischen die Schulterblätter gestochen hatten, japste, gurgelte und hustete er entzückt weiter und putzte den Platz mit seinen dicken Nackenfalten. Er bellte uns lange nach ... Wir aber schlugen uns ganz privat und rollenlos über den Neuen Markt und durch die Bäckerstraße. Ein netter, älterer Herr ging uns gleichmäßigen Schrittes nach und freute sich über die hübschen, schlanken Beine meiner Begleiterin. Von Eifersucht zerfressen, wisperte ich ihr ins Ohr: »Duuu ..., das ist der Direktor Z., der vorige Saison viermal krachengegangen ist! Er will dir einen Zweijahresvertrag geben!« Und – von wahnsinnigem Entsetzten gejagt – stürzten wir an der Hauptpost vorbei, an den gefährlichsten Kreuzungen vorbei, damit Z. uns nicht erwische ... Am Donaukanal aber führen unter den Brücken graue, alte Stufen ins graue, alte Wasser, und manchmal liegt dort eine dicke, graue, ältliche Zille gefesselt am Ufer. Langbeinig und geschickt – trotz hohen Absätzen – sprang sie in einen ehrwürdigen Kahn. Der

Donaukanal plunschte auf und hätte die Bühnenhoffnung beinahe verschlungen ... Und das gab Gelegenheit zum

Hamburger Seemannsabschied

»Na, mit vollen Segeln, Hein. Warst n braver Jung und bleib mich auch treu!« So sagte sie. Und ich, breitbeinig am Pier, die Hände in den Hosentaschen, erwiderte: »Djüs auch, Mariechen. Warst n nette Deern. Na, noch n Kuß, Mädel?« Nein, den wollte sie nicht, da blieb sie lieber in Hamburg. Und dann saßen wir nebeneinander in dem Schinakel, das war denn wohl lang nicht mehr passiert; es schaukelte ganz aufgeregt, und wir sprachen stolz über unsere Begabung und Zukunft. Sie meinte höflich, verträumt, halblaut: »Was für zwei fabelhafte, einfühlende Stegreifschauspieler wir doch sind ...« »O ja, speziell du!« »Von Chicago über San Francisco und Marseille nach Hamburg in kaum einer Stunde ...« »Ja, und das Ganze hat nur 58 Groschen gekostet. 50 Groschen Sportzigaretten und acht Groschen Kukuruz.« »Und wieviel Städte eigentlich in Wien drin sind.« »Wir brauchen unsre Gagen wirklich nicht ins Ausland tragen.« »Wochenschau zu Hause! Hab' ich recht? Schon gar, wenn man nicht recht bei Kassa ist wie wir zwei momentan.«
Diese Schauspielschülerin heißt Liesl X., und ich kann sie mit bestem Gewissen jedem Theaterdirektor empfehlen. Die Adresse weiß ich selbst nicht. Die Telephonnummer auch nicht; ihre Eltern haben es nicht gern, wenn immer wieder angeläutet wird.

Der Flüster-Jongleur

Wenn man genau 17 Jahre mit ein und demselben Direktor zusammenarbeitet, kann man ihn schon zwischendurch ein wenig verachten. Und Müller – er war der rührigste Schurke der gesamten Varieté- und Zirkusagentur – verachtete Direktor James Shnider in diesem Augenblick ganz entsetzlich. James Shnider, tatsächlicher Besitzer des »Amphi«, dreitausend Personen Fassungsraum / an Sonn- und Feiertagen viertausend / kannte »Little Snobby« nicht? Den Flüsterjongleur? Das Jongleur-Phänomen?

Rastelli? Grock i. P.? Totò? Schaljapin? Charlie? Was war das alles gegen Little Snobby? Traurig genug, daß man in diesem lausigen Europa ihn noch beim vollen Namen nennen mußte, während die übrigen Erdteile seit Jahren nur mehr verzückt von »Snobby« sprachen. 138 Mark hatte Müller allein auf Porto und Kabelgeld verwenden müssen, bevor es ihm gelungen war, mit Snobbys Manager in Sydney Fühlung zu nehmen. Und in diesem Sinne begann Müller jetzt zu erklären. James Shnider zerrte an seiner Unterlippe und hörte zwei Stunden lang zu. Dann begann er zaghaft und mißlaunig die zwölf verschiedenfarbigen Telephonapparate auf seinem Schreibtisch durcheinanderzuschieben, klemmte den Hörer zwischen Schulter und Kinnbacken und begann zu telephonieren. Müllers Krafeg war ganz weich geworden, aber es war soweit. Bloß die 2000 Mark, die Little Snobby für den Abend kriegen mußte, waren verflucht schwer gegangen …

Ein Monat ging ins Land, die Leuchtbuchstaben mit

dem Namen »Snobby« an der Front des »Amphi« wuchsen meterhoch, mannshoch, zwei Mann hoch. Kamen eines Tages drei Sekreterärinnen / eine rothaarig / ein Beleuchtungschef, ein Bühneningenieur, ein Gesellschafter, ein Reklamechef, ein Manager, ein Hilfsregisseur und drei Assistenten. Sowie ein hohlbrüstiges, untermittelgroßes, weißblondes Bürschchen. Das war Little Snobby. Und sprach das Amerikanische mit sehr merkwürdigem Akzent. Eigentlich sprach er es gar nicht. Er machte mit dem kleinen Finger der Linken zu Direktor Shnider hin eine vage Bewegung, als wolle er ihm die Hand reichen. Dann aber führte er diesen kleinen Finger doch lieber an den Rand seiner grauen Melone und verlangte mit erloschener Stimme, in seine Appartements gebracht zu werden. Da mußte sich nun Müller doch ins Mittel legen. Direktor Shnider hätte das Recht, wenigstens einen von Snobbys göttlichen Tricks zu sehen. Eine Form natürlich nur, eine lächerliche Form, aber doch immerhin eine Form. Snobby hörte apathisch zu, seine rötlichen, armseligen Albinoäuglein plinkerten müde ins Leere. Dann ging er mit Shnider und dem keuchenden Müller in den Probesaal. Als Direktor Shnider von dort nach zweieinhalb Minuten zurückkam, war er totenbleich. Das war er zum letztenmal vor zehn Jahren gewesen. Aber jetzt war er es auch. Und er klingelte Sergej Bialitzer an, er möge sich sooofort einen Wagen nehmen, ja, auf Kosten des »Amphi«, und sooofort herüberkommen, was Bialitzer tat. Bei der nun folgenden, todernsten und einstündigen Unterredung mit Bialitzer schloß Direktor Shnider sogar die Türen ab. Dann sprang Bialitzer leichtfüßig die Treppen hinab und fühlte nach dem knisternden Tausendmarkschein in der Revolvertasche. Direktor Shnider blies die Backen auf und versuchte, sich leichter zu fühlen. Aber eine unruhige Nacht hatte er dennoch.

Und am nächsten Abend war Pressevorführung. Aus den ersten Orchesterreihen krachten die Hemdbrüste herauf, und köstliche Rücken breiteten sich zwischen weißgepuderten Schulterblättern. Es war eben wieder einmal alles da, was Rang und Namen hatte. Und die im Aufsteigen begriffene Chansonniere Aya Ynya, genannt die finnische Yvette Gilbert, sang zwei Lieder vom Artistenelend. Die Einleitungsmusik zu Little Snobbys Akt hatte ein begabter junger Mensch geschrieben, der bereits in atonalen Kreisen viel von sich reden machte. Dann ward es ernst. Die Bühne bedeckte ein riesenhafter, schneeweißer Seidenteppich, der Dalai-Lama hatte ihn Snobby geschenkt. Die Bühne grenzten schneeweiße Samtvorhänge ab. Sie war grauenhaft leer. Bloß rechts rückwärts stand ein winziges, dreibeiniges Silbertischchen mit drei pechschwarzen Tennisbällen. Little Snobby, weißgeschminkt, arbeitete im schneeweißen Seidenfrack mit Elfenbeinstock. Schleuderte mit einer Kopfbewegung den Zylinder vom Kopf, fing ihn mit der Stockkrücke und griff müde nach den drei nachtschwarzen Tennisbällen. Jeglicher Atem stockte. Etwa eine Minute lang warf Little Snobby nonchalant mit den drei Bällen, und das Publikum grinste verständnisvoll, amüsiert und nachsichtig. Er kopiert einen Anfänger! Ein Blufftrick! Wie reizend! Dann kam die Belohnung. Snobby stellte das Silbertischchen auf seine Stirn und steppte damit leichthin in die Kulisse. Kam nicht mehr zum Vorschein.

Der Vorhang war unten.

Eine Minute lähmendes Schweigen. Dann fielen die Baß-Saxophone mit einem schaurigen Motiv ein, und aus einer Versenkung in der Mitte der Rampe stieg ein Rednerpult mit Bialitzer. Sergej Bialitzer im Frack, umplätschert und umkost von den Scheinwerfern.

Aus dreitausend Luftröhren zischte der Seufzer der Erleichterung. Bialitzer, der Retter ungezählter Premieren, der mit funkelnder Menschlichkeit selbst eine Theatervorstellung in versöhnlichem Licht erstrahlen ließ. Seine geistspritzenden Improvisationen, die er Matineen und Uraufführungen vorauszusenden wußte, kosteten ihm zwar schweißtriefende Nächte, dann war aber jedesmal das Stück für mindestens vier Aufführungen gerettet.

Sergej Bialitzers Stimme aber klang wie der Gong der Erlösung:

»... Schwestern, Brüder! Wir Menschen insgemein ... Traum? Vision? Spuk? Wunder? Ja, Wunder, seien wir uns darüber klar! Jetzt, da wir uns eben bang und zag, mit halbgeschlossenen Augen ins Kinderland zurücktasten durften, geführt von einem Gottnahen, dürfen wir wieder an das Wunder glauben. Ein Glücklicher, ein von sich selbst Befreiter hat uns den Weg gewiesen.

Was wir hier erleben – nein, sagen Sie ruhig ›innerlich erschauen‹ durften –, hat nichts mehr mit Kunst gemein. Was ist auch Kunst letzten Endes? Kunst ist Verkrachtheit, Unfähigkeit sich an die Urwurzel der Dinge heranzuwagen, Feigheit angesichts der Urform! Er, den wir nur mit seinem armen Erdennamen ›Little Snobby‹ nennen dürfen, ein Vorausahner, hat dies alles hinter sich zu werfen gewußt. Hier ist letzte, allerletzte Gelöstheit, Jonglieren um seiner selbst willen, eine Souveränität des Könnens, die es sich leisten kann, sich selbst ad absurdum zu führen. Little Snobby jongliert nicht, es ist auch nicht Symbol des Jonglierens, aber wenn es mir vergönnt sein soll, für dieses Geschehen einen Namen zu kreieren, so möchte ich es ›Symbol der Parodie‹ nennen. Ihm ist es gelungen, dem Eigenen, dem Begnadeten, das Jonglieren vollkommen von der Jonglierkunst zu trennen, und darum dürfen wir ihm auch nicht danken. Wir dürfen nur zu ihm hintreten, zu ihm, der mit einem wehen Lächeln die letzten Gründe alles irdischen Lebens bloßgelegt hat, und ihm stumm die Hand schütteln. Little Snobby, der Jongleur unserer Zeit …«

Als nun Snobby – Bialitzer versank bescheiden wieder mit seinem Rednerpult – vor den Vorhang schlich, erhob sich eine Beifallsalve, die genau 15 Minuten 38 Sekunden anhielt. Direktor James Shnider hat sie mit der Uhr in der Hand kontrolliert. Heute läßt Direktor James Shnider seine Krawatten in Paris arbeiten, und die ersten Raten seines neuen Dienstwagens hat er auch schon angezahlt.

Little Snobby, den Müller für 20 Prozent und mit unsagbarer Mühe von seinen sonstigen späteren Verpflichtungen losgeeist hat, arbeitet bereits den vierten Monat im »Amphi« und bekommt für den Abend 4000 Mark.

Was man schließlich verstehen kann.

Blamage in Hellbrunn

Das war im vorigen Jahr …

In Salzburg selbst traten sie einander auf die Fersen, sprachen dazu englisch, französisch, tschechisch … viel ungarisch. Etwas Deutsch wurde auch zwischendurch gehört. Das heißt, Englisch hörte man weniger, die Herrschaften mit englischer Muttersprache lächelten, sahen aus, knurrten hinter ihren Pfeifen oder lispelten in ihren Zigarettenrauch hinein. Die haben eine eigene Art, prunkvoll nicht da zu sein.

In Hellbrunn aber ist Platz genug. Und immer wieder kommt es mir in Hellbrunn so vor, als ließen sich die steinernen Nymphen, Tritonen, Delphine, Najaden, all die barocken, steinernen hohen Herrschaften nur so in Gnaden herab, mehrmals im Tag den dummen Epigonen etwas vorzurauschen, vorzusprudeln, vorzuspielen, kurz, all die Dinge zu betreiben, für die eigentlich nur fürstliche Erzbischöfe, Marquisen und Kammerherren das richtige Verständnis aufbrachten …

Aber mit der unendlich liebenswürdigen Nachsicht alter österreichischer Aristokraten tun sie immer wieder mit, lächeln gefällig und stellen sich in den Dienst des Fremdenverkehrs. Ein paar Wochen, dann kann man wieder den Herbst durchträumen, und im Winter, unter wärmenden Strohhüllen, Kräfte für die nächste Festspielzeit sammeln: Die steinernen Herrschaften erlaubten einem alten Diener mit Chaplin-Hosen, allerhand eiserne Griffe in verborgenen Winkeln zu ziehen und … die Wasserkünste spielten.

Das Wasser zu Hellbrunn hat etwas Eigenartiges. Wenn die ersten gelben Blätter im scheidenden August auf all den kleinen Bassins und Becken schwimmen, sieht man auf dem Grund das kleinste Kieselkörnchen, es ist ein förmlich übertrieben klares, rokokoartig durchfiltriertes Wasser. Die Strahlen aber sind ganz eigen blausilbrig, so unwirklich. Es ist eben ein gepflegtes Wasser, jahrhundertelang hat es alle seine Wirkungsmöglichkeiten ausstudiert. Die große Gesellschaft schlurrte über den rieselnden Kies. Auch das ist ein eigenartiges Geräusch, große Gesellschaften, denen was gezeigt wird, schlurren immer. Teils um zu zeigen, daß sie sich in dem fürnehmen Milieu anzupassen wissen, teils, weil sie von all dem Staunen und Bewundern eben doch müde werden und es nur nicht zugeben wollen.

Sie schoben sich also über den weich knirschenden Kies, der Diener wartete mit geschäftsmäßiger Geduld, bis alle wieder beisammen waren. Hie und da blieb einer zurück, griff vorwitzig einer der kleinen steinernen Schildkröten ins Maul, die so geschickt einander kurze, kerzengerade Wasserstränge ins Gesicht spucken und doch nie böse werden. Oder schielte nach den rostigen Eisenhandgriffen und hätte für sein Leben gern auch ein wenig Wasserkunst betrieben. Unter den brav Voranschreitenden war auch die lebendige Najade. Eine wirkliche.

O Paris Lodron, Marcus Sitticus und Wolf Dietrich von Hohenems! Wie war sie schön. Eine Einheimische, eine Salzburgerin. Sie war aus Elfenbein geschnitzt, die Augen waren offenbar Amethyste, und ganz, ganz feiner Golddraht hing in einer winzigen Welle unter dem schwarztaftenen Kopftuch hervor. Schwer, schwarz und unnahbar knisternd auch das übrige Salzburger Dirndl, schwarz die winzigen Sämischpumps unter den weißen Strümpfen. Sie schlurrte nicht. Ich sah es ganz deutlich, die Kieskörner verschoben sich kaum unter ihren hohen Absätzen.

Sie würdigte mich keines Blickes und hatte ganz recht. Zwar hatte ich meine abgewetzte kurze Haferlhose und den schmierigen Leinenjanker oben in meinem Kammerl (im Hintertrakt eines bescheidenen Hotels) gelassen und trug den netten hellgrauen Sommeranzug, den Harry, der Kabarettschauspieler, mir bis zum Abend geborgt hatte. Zur Abendvorstellung brauchte er ihn wieder. Aber in meiner Tasche war nur ein Schilling (Kabarett-Tantiemen) und eine Presselegitimation. Die war auch geborgt, Photographie war keine drauf, Journalisten trifft man in Salzburg immer. Man kann dort auch billig leben, und der Eintritt hatte mich nichts gekostet ...

Mein erster Gedanke war: »O du Kleinod aus Enzian!« Ich meinte die Blüten, nicht den Schnaps. Das Kleinod aus Enzian stand gerade mit den andern vor dem »Gähnmaul«, einer großen, bunten Blechmaske an der Wand einer Grotte. Immer wieder leckt das Gähnmaul mit breiter, dunkelroter Zunge bis zur platten Nase hinauf und schielt mit Glotzaugen rhythmisch nach oben. Die Herrliche lächelte. Ich wäre bereit gewesen, mir auch den ganzen Nachmittag lang die Nase abzulecken, nur um einen Bruchteil dieses Lächelns zu ernten. Aber das wäre wohl zu wenig gewesen. Die Enzianfee hatte keinem zugelächelt. Sichtlich war sie allein hier, ganz allein, eine kleine junge Salzburger Patrizierin, die sich die Schönheit der Heimat als »Fremde« vorführen läßt. Keine Schauspielerin, o nein, die hatte einen ehrlichen Beruf, ein fürnehmes Bürgerkind. Just flüchtete die ehrsame Zarte aus der Grotte, denn der Chaplin-Diener zog am Handgriff für Schnürlregen. In der Gähnmaul-Grotte haben sie auch den Salzburger Schnürlregen, um einem dringenden Bedürfnis abzuhelfen, falls die natürlichen Quellen – das wolle Gott nicht – eines Tages versagen sollten ... Ich taumelte ein wenig, sie hatte mich angerannt. Mit einem reizenden, lieben, ganz kleinen Quietscher, von wegen des Schnürlregens.

Mein Herz schlug gewaltig. Sicher gefiel ich ihr auch, denn sie hatte mich angerempelt. Gerade mich. Nicht den Herrn mit den weißen Knickerbockers aus Leinen oder sonst wen, sondern mich. Es war ja auch das einzig mögliche diskrete Zeichen beginnenden Interesses ...

Wie betäubt schlurfte ich dem Rudel nach, sie ging jetzt als letzte in der Masse. Und ich dachte, nein, es dachte in mir: »Man müßte sofort die Festspielleitung anrufen – und mehr als einen Schilling kann das nicht kosten – und nicht rasten und ruhen, bis einer der Herren selbst zum Telephon kommt! Sie sollen Festspiel-Briefmarken herausbringen, mit ihrem Kopf, mit ihrem Köpfchen drauf! Da lassen sie dieses Kleinod, diese Alpen-Gazelle herumlaufen und hätten die herrlichste Reklame bei der Hand! Wie heißt sie? Veronika, Freiin von ...? Walpurga zu ...? Du Antilope an den Wassern ...«

Es nützte nichts, daß ich mir immer und immer wieder vorsagte: »Nicht dichten! Denken! Denken! Was könnte man in der Eile tun, um nur einen Blick, ein Nicken zugestanden zu bekommen?« Was wollten die? Ah ja, sie drängten gerade in die »Kronengrotte« hinein. Auf mittelhohem Sockel liegt eine zarte Zackenkrone, die aus Goldblech sein könnte. Und plötzlich steigt ein stiller, kunstbewußter Wasserstrahl unter ihr empor, hebt die Funkelnde hoch empor, gerade und fast regungslos schwebt sie unter den Tropfsteinen der Decke, vom dienenden Wasser balanciert ... Der Diener sah mich so merkwürdig an ... Vielleicht ahnte er, daß ich hinspringen wollte, just in dem Augenblick, da der Wasserstrahl mit der Krone sich verkürzte ... Und die Krone packen und der Gazelle, der Herrlichen, aufs Kopftüchlein drücken. Sicher eine barocke, aber eine stilechte Huldigung ...

Vorbei. Wasserstrahl, Gelegenheit, alles. Jetzt sind wir schon auf dem Rückweg, die Najade trägt noch immer ihr Taffetdirndl, ungekrönt. Ein Becken haben wir vorhin übergangen. Da springen aus den Bassinecken, aus den Kanten der Stufen, die flach und zierlich direkt ins Wasser führen, aus den Geweihen patinierter Hirschköpfe feine, herrliche Wasserstrahlen in tadellosen Parabeln ins Bassin, kaum plätschernd, geräuschlos in ihrer Virtuosität und Wohlerzogenheit. Die Einzige betrachtete wohlgefällig das silberne Spiel ...

Und ich hatte nichts, gar nichts zu geben, zu zeigen ..., haltaus, zu zeigen? Eines konnte ich: beweisen, daß ich mich dem Rahmen einzufügen wußte, daß ich Rhythmus und Skulpturgefühl besaß, daß ich hereinpaßte! Und in einer graziösen Pose, um die mich selbst Harald Kreuzberg hätte beneiden können, trat ich auf die erste Bassinstufe ..., dorthin, wo es bereits verboten ist. Und glitschrig.

Berührte liebkosend den einen Wasserstrahl mit dem leicht gebogenen Zeigefinger, nahm eine Miniaturdouche, wie ein Kavalier aus der Zeit des großen Wolfgang, da dieser seinen »Don Giovanni« schrieb und Casanova den Schlüssel zum Musikzimmer abgezogen hatte …

… und glitschrig sind die Stufen dort. Einen Augenblick lang sah ich blaugrüne Schleier, ich gurgelte Salzach oder so etwas, und dann tauchte ich wieder auf. Das Wasser reichte mir nur bis über die Hüften, war aber kälter, als man denken sollte. Es war auch leicht auszuspucken und aus den Augen zu wischen, bloß nützte das nichts, von allen Seiten spritzte es silbrig und gar zierlich nach, der Chaplin-Diener hatte es nicht so schnell abstellen können …

Es ist merkwürdig, aber das fröhliche Geheul, das beifällige Gelächter, die entzückenden Jubelrufe entnahm ich nur den Gesten der Umstehenden. Klar und messerscharf, wie herauspräpariert, hörte ich nur zwei Frauenstimmen:

»Susie, come here!«

Das sprach eine wuchtige Dame mit abgeflachten Brillengläsern und einem meergrünen Georgettekleid, das jünger war als sie … Und die Gazelle, meine Najade, das Enziankleinod über den Wassern, ging zu ihr und sagt mit lächelndem Silberstimmlein:

»Poor fool …«

Poor fool, poor fool … Harry, der Kabarettier (er ist an diesem Abend im Smoking aufgetreten), hat es mir später übersetzt und dies mit gewisser Befriedigung. Das heißt »armer Narr«. Wie ich aus dem Bassin wieder herauskam, wie mir der Chaplin-Diener nahelegte, mich von der übrigen Gesellschaft zu trennen, weiß ich nicht recht. Jedenfalls freuten sie sich und gaben der Meinung Ausdruck, ich sei ein von der Festspielleitung engagierter Clown und hätte bei jeder Führung hereinzufallen, auf daß die Herrschaften auch sähen, daß es echtes Wasser wäre. Armer Narr. Und in den hellgelben Halbschuhen (auch von Harry) stand viel von dem schönen, klaren Hellbrunner Wasser …

Also Susie heißt sie und ist eine Amerikanerin. Falsch sind die Amerikanerinnen. Nicht einmal eine Einheimische. Und ich wäre bereit gewesen, mir von einem der Prominenten eine Laute auszuborgen, so eine Laute, wie sie etwa im »Jedermann« mitspielt, und der Alpen-Gazelle ein Ständchen zu bringen. Und hätte ich um Mitternacht am Petersfriedhof vorbeischleichen müssen, und hätten in den Nischen aller Barockportale Don Giovanni, Mephisto und von mir aus Ochs von Lerchenau mit blanken, mondsilbernen Galanteriedegen gelauert, das wär's mir wert gewesen. Susie aus Milwaukee oder Oklahoma. Im schwarzen Taffetdirndl, im Herzen kühles Hellbrunn. Vielleicht kommt Susie heuer wieder zu den Festspielen. Als Österreicher wünsche ich es offiziell. Aber eins mag sie wissen:

Voriges Jahr hätte ich mich für sie selbst in den – sicherlich wasserreicheren – Niagara geworfen, vielleicht hätte ihr das imponiert, eben der Größe wegen.

Heuer aber gehe ich erst gar nicht nach Hellbrunn.

I'm sorry, Miss Susie …

Sind wir mit unseren Eltern zufrieden?

Wir bringen zunächst das niedliche Brieflein eines fünfjährigen Mädelchens zur Verlesung. Zahlreiche Tintenflecke und sonstige Anzeichen einer schweren seelischen Depression haben hier die Arbeit des Graphologen sehr erschwert. Dennoch ist das kleine Schreiben mit seinem herzigen Kinderton ein erschütterndes Zeitdokument! »Libher Zaitunkmann! Gesdern is Lili schen in Gahten gesitzt mit Focks. Focks behlt und grabt Bluhmen aus und Lili schtekt Renwimer (offenbar sind Regenwürmer gemeint) in tasche. War fein. Aufainmal freilein ruft, is besuhch da. Freilein Lili hat schreklich gewascht, gans kalt, saife beist in auk, lili schreien, und dann in ekliches waises klaitchen neingeschtekt, schen guntak sagen. In salohn sizt greßliche lusdige dahme, so lank und enk wie Renwum und Lili sagen bist du Renwum? Frihs nich alle Tohte! Lili klapps gekrikt und ins bethchen am tak un missen heidi machen. Tohte Renwumfrau aufgefreßt. Mammi is ehklich daine Lili.«

Nicht ganz so tragisch, aber verwandt, berührt uns die Zuschrift eines zehnjährigen Knaben. »Gestern hab ich endlich zu meinem Geburtstag den Fußball bekommen. Na, Papa muß sparen, natürlich kein englisches Fabrikat, aber doch ein gutes, hartes, brauchbares Leder. Hab den Fred heraufgepfiffen, und wir haben vor der Schule im Salon ein bißchen trainiert. Die alte Lampe mit den vielen Glastroddeln dran war ja schon immer im Weg, aber wegen der alten, grünen Vase hätte Papa nicht so zu brüllen brauchen. Sie hat so schäbig und fleckig ausgesehen, daß man wahrhaftig nicht wissen konnte, daß sie alt-chinesisch ist. Einmal, das ist ja wahr, ist ein Schuß direkt in das Bild vom Großpapa, aber ich kann ja nichts dafür, daß grad in dem Augenblick die Anna mit dem Frühstück hereingekommen ist. Und das Teewasser hat ihr die Hand verbrannt, und sie ist ausgerutscht, die dumme Kuh, weil der Teppich ganz glitschig war von der Sahne. Und der Fred hat schnell über die Treppe müssen, ist hängengeblieben und hat sich die ganze Nase zerschunden. Da hat Papa mir den neuen Fußball sofort wieder weggenommen. Am Morgen ist er ja immer so schlecht aufgelegt. Dabei sagt er, die körperliche Ertüchtigung seiner Söhne ist ihm den letzten Heller wert.«

Sehen wir hier den sportfremden Vater, dem Behaglichkeit über alles geht und der auch die kleinste Äußerung kindlichen Mutwillens mit eherner Strenge bestraft, so stimmt uns die nächste Type noch pessimistischer. Dieser Vater hat einen Mustersohn mit immer sauberen Nägeln und geputzten Schuhen, dem Karl May und Jack London nichts bedeuten, dem Schulbücher alles sind. Auch in die friedliche Stille dieses jugendlichen Gelehrtenstübchens dringt die verständnislose Vaterfaust …

Ein Tagebuchausschnitt:

»Vater ist sicherlich einer der tüchtigsten Kaufleute, aber mit reiner Mathematik darf man ihm nicht kommen. Vielleicht war früher der Lehrplan anders, aber er kann nicht einmal eine quadratische Gleichung mit drei Unbekannten auflösen. Und Hauslehrer, sagt er, nimmt er keinen, dazu soll ich ihn rufen. Heute hab ich ihn nach Tisch gebeten, er soll mir bei einer Ellipse helfen. Er hat nur gebrummt, aber er hat sich gleich hingesetzt und in mein Hausaufgabenheft geschrieben und gleich mit Tinte und furchtbar viel ausgestrichen. Und dann haben wir ein frisches Heft genommen und dann war schon Kaffeezeit. Nachher hat sich Papa auf eine halbe Stunde hingelegt und gefragt, was denn später aus mir werden soll. Dann haben wir uns wieder dahintergemacht, und Papa hat mir leid getan, und ich habe für mich mitgerechnet. Einmal habe ich gesagt, das läßt sich auch noch durch x zur Dritten kürzen, aber da hat Papa gebrüllt, er wird mich durch x zur Dritten kürzen, und ich soll ihn nicht stören, wenn ich schon so ein Trottel bin. Nach dem Nachtmahl hat er zwei Aspirin genommen und sich noch einmal dahintergesetzt, aber gegen halb zehn hat er gegähnt und gesagt, daß er morgen früh eine wichtige Besprechung hat. Und im Aufgabenbuch muß ein Druckfehler sein …«

Schließlich sind es ja keine weltbewegenden Probleme, um derentwillen Vater und Sohn aufeinanderprallen. Lebhafter geht es schon zu, wenn Mutter und Tochter in Dingen der Erotik und der allgemeinen Anstandslehre uneins sind. Hier liegt uns ein Brief vor, den ein junges Mädchen aus der Sommerfrische an ihre Freundin schrieb.

»Liebe Else! Du hast gar keine Ahnung, was ich mit Mama ausstehe. Von Erholung ist gar keine Rede, ich habe schon vier Pfund abgenommen, weil sie mich den ganzen Tag auf dem Tennisplatz herumhetzt. Heute hatte ich mir aus der Hotelbibliothek Kants ›Kritik der reinen Vernunft‹ ausgeborgt und strecke mich gerade am Waldesrand so recht bequem hin, da stöbert mich Mama auf, hetzt mich in den weißen Kittel hinein, und ich mußte mit Mister Morrington zum Match antreten. Mister Morrington versteht kein Wort Deutsch. Aber Mama sagte, er wäre der charmanteste Naturburschentyp, der ihr seit Jahren untergekommen wäre. Ich würde ihn ihr gerne gönnen, aber sie sagt, ein junges Mädchen dürfe nicht so langweilig sein. Am Abend, wie ich mich schon auf meine Zigarette im Bett und auf meinen Kant freue, sagt sie mir, ich soll das lange Fraiskleid anziehen. Es war wiederum so eine blödsinnige Tanzerei, mir haben die Füße heillos wehgetan, und ich habe mich, nur damit ich nicht tanzen muß, mit Herrn Mr. Slazenger an ein Tischchen gesetzt. Nach ein paar Minuten wollte er schon im Hotelpark spazierengehen. Man sagt, er hat eine Zahnbürstchenplantage irgendwo in Amerika. Jedenfalls hat er schrecklich rasch und viel gesprochen und meinen Arm gequetscht, und ich in meinem dünnen Zeugs hab gefroren und bin gar nicht dazugekommen, ihn zu bitten, daß er mir mein Jäckchen aus der Hall bringen soll. Einen Kuß hat er mir auch gegeben. Einen Teint hat er wie eine Zahnbürste. Aber Mama sagt, er ist ein Businessman, und die sind alle so. Manchmal habe ich Mama im Verdacht, sie will mich reich verheiraten. Sie ist schrecklich mondän, aber so, wie man es vor vier Jahren oder so war. Jetzt trägt man doch schon wieder große Liebe und seelische Bindungen, aber das werde ich ihr nie beibringen. Schrecklich unmodern ist sie, die Arme ...«

Merkwürdiger Zwiespalt der weiblichen Seele! Von ebenderselben Mutter liegt uns ein Brief vor, den sie an ihren daheimgebliebenen Gatten aus der Sommerfrische schrieb. Und dieselbe Frau, die nur darauf brennt, ihrer Tochter jeden Fehltritt verzeihen zu können, behandelt ihre eigene Mutter, eine unglückliche, hilflose Greisin, mit unerbittlicher Strenge! »Lieber Edwin«, schreibt die Dame, »ich zähle bereits die Tage bis zu unserer Heimkehr. Nicht, weil ich mich nach Dir sehne, sondern weil Großmutti uns hier auf Schritt und Tritt blamiert! Bei der Damenwahl engagiert sie jedesmal den jungen Primgeiger von der Jazzband, Kapelle und Publikum grinsen wie Hyänen. Es ist ja wahr, eine Frau von Neunundfünfzig braucht ja noch nicht endgültig abzudanken, aber gewisse Feinheiten muß man doch im Gefühl haben. Heute hat sie wieder den jungen Herrn Szöreghyi gebeten, er solle sie chauffieren lehren, und nachmittags hat sie dann mit ihm eine Partie im Wagen gemacht. Neulich bei der kleinen Tour auf das Schilcherjoch hat sie sich ja brav gehalten, alles, was recht ist, aber daß sie dann mit dem Führer in die Schutzhütte vorausgehen wollte, um Schmalznudeln vorzubereiten, finde ich doch ein wenig übertrieben ...«

Es ist nicht bekannt geworden, wie der liebe Edwin diesen Brief aufgenommen hat. Er hat Geschäftssorgen genug. Abgesehen davon. Der Großpapa ist noch immer im Geschäft. Er hat die Firma gegründet und hochgebracht und läßt es sich nicht nehmen, mit seinen siebzig Jährchen und einem dünnen Hüsteln allmorgendlich im Comptoir aufzutauchen. Er besteht darauf, die wichtigsten Briefe selbst mit zittriger Greisenhand zu schreiben. In die Maschine diktieren kennt er nicht. Daß er nach Talern und Silbergroschen rechnet, ist ja unpraktisch, aber rührend. Aber er hat nicht die leiseste Ahnung von modernen

Geschäftsprinzipien. Briefkopien läßt er in der Registratur ablegen, statt sie, wie das heute üblich ist, dem Rechtsanwalt einzusenden …

Und so geht die Liste ins Endlose fort. Einmal ist der Vater Raucher, und der Sohn wird damit zur Raserei gebracht, einmal wieder umgekehrt. Oder der Vater ist dem Verein »Verkühle dich täglich« beigetreten und treibt Freiluftgymnastik, während die armen Kinder schon ganz blaugefroren sind. Gleich und gleich gesellt sich nur im Sprichwort gerne, in Wirklichkeit ist nichts seltener als das.

Nein, leicht haben wir alle es mit unseren Eltern nicht.

Oder – sind Sie ehrlich! – geht es Ihnen vielleicht besser?

Nachwort

Ich schreib Fußnoten unter Weltenwunder
Ins Buch des Lebens manchen Randvermerk

(Peter Hammerschlag
in seinem Gedicht
»Peter Altenberg allein«)

Bekannt und wiederentdeckt wurde Peter Hammerschlag (1902–1942) zunächst als Kabarettist und Lyriker. Aber weit mehr Talente schlummerten in ihm. Auf seine Begabung als Graphiker und Zeichner machte eine Hammerschlag-Ausstellung im Jüdischen Museum der Stadt Wien 1997 aufmerksam. Relativ unbeachtet blieb bis dato hingegen der Prosaautor. Fünf Prosa-Kostproben befinden sich in der 1984 erschienenen Hammerschlag-Sammlung »Steif weht die Brise von der Postsparkassa. Groteskgedichte und Gelegenheitsprosa«. Damit hatte der Herausgeber Gerhard Bronner jedoch nur einen Bruchteil des Prosawerks vorgestellt, da sich allein in den Nachlaß-Beständen der Österreichischen Nationalbibliothek etwa hundert weitere Kurzprosatexte nachweisen lassen. Einige davon sind zu Lebzeiten Hammerschlags (in leider nicht immer eindeutig identifizierbaren) Zeitungen und Zeitschriften veröffentlicht worden; anderes blieb – aus welchen Gründen auch immer – unpubliziert. Vor diesem Hintergrund vollzieht der vorliegende Auswahlband einen weiteren Schritt zur (Wieder-)Entdeckung eines künstlerischen Multitalents der Zwischenkriegszeit, dem es allerdings fern stand, ein Vertreter der ›großen Kunst‹ *sub specie aeternitatis* sein zu wollen. Am wohlsten fühlte sich Peter Hammerschlag im Kaffeehaus, wo er Texte auf kleine Zettel (manchmal Rechnungen) bannte, und auf der Kleinkunstbühne, im direkten Kontakt und schnellebigen Dialog mit dem Publikum. Seine Kabarettpoesie und sonstige Lyrik, bisweilen formal etwas holprig, ist unmittelbar und verspielt – so auch seine Kurzprosa, die er unter anderem in dem Unterhaltungsblatt »Wiener Magazin« abdrucken ließ. Weitgehend handelt es sich um (zeitkritische) Humoresken mit unterschiedlich stark ausgeprägten ironischen, satirischen, grotesken, selten zynischen Zügen. Man mag manches davon als »Auftragsarbeiten« einstufen, »die hauptsächlich den Zweck hatten, Zeilenhonorar zu erbringen«, ohne ihnen jedoch, wie bereits 1984 Gerhard Bronner festhielt, eine gewisse »Qualität« absprechen zu müssen, wovon noch die Rede sein wird.

Selbstverständlich blieb Hammerschlag vielen seiner Lieblingsthemen und -motive auch in der Prosa treu, wo im Vergleich zu den Gedichten nur die lasziv-obszönen Abgründe der Demi-Monde und die makabren Besessenheiten eines Mörders wie die des Alois Plawatschek (»Die Ballade vom Lustmörder Alois Plawatschek«) kaum eine Rolle spielen. Dafür aber trifft man in seinen Geschichten den bereits aus der Lyrik so vertrauten (ebenso einfühlsam sanftmütigen wie die Erwachsenenwelt konterkarierenden) Blick des Kindes wieder; einmal mehr wird uns (anspielungsreich) der damalige Zeitgeist vor Augen geführt, die Welt des Theater-, Film- und Musikbusiness mit ihren Diven, Heroen und Moden, vom männerverzehrenden Vamp (Marlene Dietrich) bis hin zur Fiktion eines skurrilen Auftritts der Micky Maus in Wien. Ein weiteres Mal belächelt der Autor den ›american way of life‹ und den seiner europäischen Nacheiferer aus dem Lager der Bürgerlichen und Neureichen. Fernerhin Ziel seines subtilen Spotts sind die Trendsetter, Naturisten (die er höhnisch »Naturheiler« nennt), die kühlen Rationalisten und unerschütterlichen Fortschrittsoptimisten. Die (autoritätsskeptischen, aber keineswegs ausschließlich glücksverheißenden) Gegenwelten läßt er nicht nur aus Kinderaugen erwachsen, sondern auch aus der Perspektive der Tiere, die freigibt, wie der Mensch auf den Hund und der Hund auf den Menschen, die »Krone der Schöpfung« zurück zum Affen, der Urwald-Affe auf die Höhe des modernen *homo sapiens* kommen kann. Und schließlich fehlt auch Hammerschlags Hauptthema nicht, die Liebe und der (aus seiner Sicht oft aussichtslos scheinende) Kampf zwischen den Geschlechtern …

Weiterhin bleibt Hammerschlag auch ein genauer Beobachter des noch so banal wirkenden Alltags, sei es eine Schul- oder Büro-

Situation, die marktschreierische Erscheinung eines Straßenverkäufers oder eine Fahrt in der Wiener »Elektrischen«. Doch bei aller noch so bitterbösen Betrachtung seiner Zeitgenossen und »Weggefährten« vernichtet Peter Hammerschlag seine Figuren nicht, sondern er stellt sie bloß, indem er ihre Schwächen ausbreitet und mit Witz Dummheit, Oberflächlichkeit, Ignoranz und Selbstverkennung (vor allem die des Spießbürgers) geißelt. Natürlich ist dabei auch ein guter Teil Selbstironie mit im Spiel, da eine Reihe von Figuren (z. B. der Protagonist in »Blamage in Hellbrunn« oder der von »Micky Maus in Wien« malträtierte Journalist) autobiographische Züge trägt.

Vielleicht mag sich dem Leser mitunter der Verdacht aufdrängen, wie ihn bereits der Hammerschlag-Herausgeber Friedrich Achleitner 1997 in bezug auf »manche parodistischen Gedichte« über bestimmte »Zeitphänomene (etwa den Ausdruckstanz)« geäußert hat, nämlich daß Hammerschlag eine wirklich »ernsthafte Auseinandersetzung« mit diesen »Zeitphänomenen« vermissen läßt. Doch kann man den Sachverhalt auch anders deuten: Hammerschlags kritischer Ansatz richtet sich nicht primär gegen das ›Phänomen‹ an sich, sondern gegen den modischen Umgang mit ihm und die hohle, unhinterfragte Vereinnahmung, die zeittypische (Selbst-)Stilisierung und »Vermarktung«. So ist zum Beispiel kaum anzunehmen, daß er wirklich etwas gegen die avantgardistische Musik eines Schönberg und Webern hatte; nicht über sie, sondern über deren im Ritual erstarrte »Inszenierung« mokiert er sich am Rande der Geschichte »Der Flüster-Jongleur«. Ob er nicht dennoch mit seiner spöttischen Sicht auf bestimmte, zu seiner Zeit nach wie vor noch als avantgardistisch empfundene Tendenzen (wie z. B. den ebenfalls im »Flüster-Jongleur« ironisierten Elementen des expressionistischen Theaters) zuweilen ins Schwarze traf, sei hier dahingestellt.

Eines aber schien Hammerschlag, der aus einer gutbürgerlichen, assimilierten jüdischen Familie stammte (vgl. die den Band abschließende Zeittafel), tatsächlich ziemlich fern zu sein, nämlich die Politik. Die Durchdringung des gesellschaftlichen *status quo* über die (partei-)politische Analyse war seine Sache nicht. Was aber auch nicht bedeutet, daß er den politischen Entwicklungen seiner Zeit blauäugig gegenübergestanden hätte. In der Geschichte »Mein Hund« aus dem Jahr 1931 erklärt er dem »rassereinen, deutschen Wesen, an dem die Welt genesen soll«, eine deutliche Absage und spricht sich gegen radikale Heilslehren von rechts wie von links aus.

Bei der Zusammenstellung der vorliegenden Auswahl wurde versucht, ein möglichst breites Spektrum des Hammerschlagschen Kurzprosawerks abzudecken. Um eine gewisse Struktur in die Textabfolge zu bringen, wurde bei der Einteilung der Kapitel und deren Benennung auf Programmtitel des »Lieben Augustin« zurückgegriffen. Es sind Titelkreationen, die von Hammerschlag selbst sein dürften und somit auch auf seine bevorzugten Themen verweisen (bekanntlich war er über vier Jahre Hausautor, Conférencier, »Blitzdichter« und Schauspieler der 1931 von Stella Kadmon gegründeten Wiener Kleinkunstbühne »Der liebe Augustin«). Dementsprechend sind unter der Überschrift »Herrgotts Tiergarten« vorwiegend Texte über Tiere und (kleine) Menschen versammelt. In »Öffentliche Geheimnisse« dreht es sich weitgehend um die Liebe und (diesbezügliche) Launen der Natur sowie die der Herren- und Damenmode, während in »Wien, Wien warum nur du allein« vor allem Peter Hammerschlags Verwurzelung im Wienerischen zum Ausdruck kommen soll. Im letzten Kapitel wird unter anderem seine eigentliche Lebensdomäne thematisiert, das Treiben rund um die Bühne, »das kleinste Welttheater«. Dennoch möge man die Zuordnung als eine spielerische verstehen, eben ohne den Anspruch auf allzu strenge thematische Einheitlichkeit.

Zu guter Letzt sei vermerkt, daß sich Hammerschlags Vorliebe für die Kleinkunst und deren Bühne offensichtlich ebenfalls auf seine Prosa auswirkte. Wenn das von (seinem späteren Nachlaßverwalter) Friedrich Torberg in einem Brief an den Freund vom 28. Juni 1930 ausgesprochene Verdikt, daß Hammerschlags »Stärke die Form ohnehin nicht« sei, auch auf einzelne (der manchmal fragmentarisch wirkenden, gelegentlich merkwürdig abrupt endenden) Geschichten zutreffen mag, so sollte man nicht übersehen, daß ein großer Reiz dieser Prosa nicht nur aus ihrem subtilen Humor, sondern auch aus der eigenwilligen »Machart« resultiert: Die Sprache bleibt oft nahe dem gesprochenen Wort, viele Texte besitzen »dramatische« Elemente wie ausgeprägte Dialoge und rasch wechselnde Kleinstszenarien. Belebt einerseits immer wieder Hammerschlags genialischer Sprachwitz das Geschehen, so macht andererseits zum Beispiel auch sein »additiver« Stil, die Anhäufung von Adjektiven und Verben, die Texte blumig leicht und lebendig, etwa wenn es in der Geschichte »Der kleine Rebell« heißt: »Und der Papa, den seine Kleine bittet, ihr in den großen, dicken, mühsam geschaufelten Berg, einen schönen, geraden Tunnel zu bohren (...)« oder »Das Fräulein weinte, fluchte, putzte, gurgelte, fauchte«. So leicht und leicht verständlich seine Prosastücke für den zeitgenössischen Leser auch intendiert waren, so diffiziler können insbesondere ihre zahlreichen Anspielungen auf Zeiterscheinungen (etwa auf Rekorde der Sportwelt oder weltweite Sensationen wie die Geburt von Fünflingen in Kanada 1934) für den heutigen Leser sein. Ihm sollen die (sachbedingt teilweise recht ausführlichen) Erläuterungen am Ende der vorliegenden Leseausgabe weiterhelfen.

Volker Kaukoreit, Monika Kiegler-Griensteidl
Wien, im Sommer 2001

Quellen und Anmerkungen

Die folgenden Anmerkungen beschränken sich vorwiegend auf Sacherläuterungen. Die nachgewiesenen Typoskripte stammen alle aus dem Österreichischen Literaturarchiv der Österreichischen Nationalbibliothek, Wien. Offensichtliche Druck- und Orthographiefehler wurden stillschweigend korrigiert.

S. 7–14 Die Affenparty

Druck nach »Wiener Magazin«, Juli 1937, S. 18–21 u. 92–94. Der Abdruck wurde mit drei Illustrationen von Lory Adler, einer Bekannten Peter Hammerschlags, gestaltet, so z. B. auf S. 20:

[7] *Monte* – Monte Carlo.

[9] *Mr. Rousseau* – Der aus Genf stammende und (mit Unterbrechungen) in Frankreich lebende Philosoph und Schriftsteller Jean-Jacques Rousseau (1712–1778), in dessen »Contrat social« (1762) sich die Maxime »Retour à la nature« (Zurück zur Natur) findet.

[9] *Hispano-Suiza* – Spanische Automarke, deren moderne und schnelle Automobile in der Zwischenkriegszeit zu den teuersten Europas zählten.

[10] *Sing Song* – Anspielung auf den fiktiven Riesengorilla King Kong, der über die USA hinaus 1933 durch den Film »King Kong und die weiße Frau« legendär wurde.

[12] *Fünflinge* – 1934 erregte eine äußerst seltene Fünflingsgeburt in Kanada weltweites Aufsehen. Den dritten Geburtstag der Fünflinge am 29. Mai 1937 nahmen sich viele Zeitungen und Zeitschriften zum Anlaß, Fotos und Berichte über die

berühmten Kinder zu bringen. Hammerschlag konnte dazu auch in den von ihm an anderer Stelle erwähnten »Wiener Bildern« (vgl. den entsprechenden Kommentar zu S. 92) nachlesen, so in der Nr. 24 vom 13.6.1937 (S. 6) und in der Nr. 10 vom 7.3.1937 (S. 11), in der sich folgendes Foto befindet:

[13] *Cook* – Bekannte britische Reiseagentur, nach ihrem Gründer Thomas Cook (1808–1892).

[13] *zurechtkalfatert* – Kalfatern nennt man das Abdichten der Fugen eines Schiffes.

S. 15–19 Der kleine Rebell

Druck nach einer nicht identifizierten Zeitungsveröffentlichung (Ausschnitt) aus dem ÖLA-Bestand 35/96, mit folgender Titelgestaltung von Liesl Wall:

[16] *Nocken* – Vgl. Anm. zu S. 82.

[19] *Croquetbogen* – Drahtbogen, durch den mit einem Holzschläger die Kugeln des Rasenplatzspiels Kroket (französisch: croquet; englisch: crocket) gespielt werden müssen.

S. 20–24 Kleiner Marathonläufer

Druck nach einem nicht identifizierten Zeitungsausschnitt aus dem ÖLA-Bestand 35/96. Titelgestaltung:

[21] *Greislerei* – (Wienerisch:) Lebensmittelhandlung.

[22] *gesprargelt* – (Wienerisch:) gespalten, gesplittert.

S. 25–29 Sie konnten zusammen nicht kommen

Bisher unveröffentlicht. Druck (unwesentlich gekürzt) nach einem Typoskript aus dem ÖLA-Bestand 25/94.

S. 30–34 Der Foxl Derry

Druck nach »Neue Freie Presse« (Wien), Nr. 25228 v. 30.11.1934, S. 11.

[31] *»His Master's Voice«-Platten* – Emblem der englischen, 1898 gegründeten Schallplattenfirma »His Master's Voice« war ein einem Grammophon lauschender Hund (heute im Besitz von EMI).

[31] *Garbo* – Greta Garbo: Schwedische Filmschauspielerin (1905–1990). Mit dem Gedicht »Greta Garbo« (»Wenn ich Greta Garbo ihr Zuhälter wäre …«) hat der junge Hammer-

schlag 1929 im Berliner »Küka« (Künstlerkaffee) auf sich aufmerksam gemacht.

[31] *Girardi* – Der äußerst populäre Wiener Schauspieler und Sänger Alexander Girardi (1850–1918).

[31] *Adolphe Menjou* – Der amerikanische Filmschauspieler (1890–1963) verkörperte in der Stummfilmzeit erfolgreich den Typen des französischen Dandys und Frauenliebhabers; anschließend Charakterdarsteller (u.a. in »A star is born«, 1937).

[32] *Croupe* – (Französisch:) Kreuz des Pferdes.

[32] *Tarantella* – Schneller Volkstanz aus Süditalien.

[33] *Ringelspiel* – (Österreichisch:) Karussell.

[33] *Gepäckmarsch* – Geländemarsch mit Gepäck von vorgeschriebenem Gewicht.

[33] *Satsumavase* – Satsuma bezeichnet eine einfach geformte, aber besonders feine japanische Töpferware (nach dem historischen Namen der Provinz Kagoschima).

S. 35–38 Mein Hund

Druck nach »Wiener Magazin«, Dezember 1931, S. 24 u. 92 (Pseudonym: Peter Mahr).

[35] *Goldpfund* – Pfund: alte europäische, regional unterschiedliche Gewichtseinheit. Für Österreich-Ungarn waren 0,56 kg, für das Zollgewicht hingegen, entsprechend auch der deutschen Einheit, bis 1876 0,5 kg festgelegt.

[36–37] *Der deutsche Boxer* bis *sonst gar nichts* – Diese Passage verfremdet eine Reihe von Allgemeinplätzen, Redensarten, Sprichwörtern, Zitaten und ähnlichem: Deutsche »Pflichterfüllung« (formuliert z.B. in dem glorifizierten Depeschentext »Einstehe für Pflichterfüllung bis aufs äußerste« des deutschen Kapitäns zur See und Gouverneurs Mayer-Waldeck zu Beginn der Kämpfe um das Pachtgebiet Kiautschou mit Japan im Ersten Weltkrieg), »Die Axt im Haus erspart den Zimmermann« (Schiller, Wilhelm Tell), »Ich hab mein Herz in Heidelberg verloren« (Schlager des Wiener Operettenkomponisten Fred Raymond, 1925), »Bleibe im Lande und nähre dich redlich« (Redensart nach Psalm 37,3), »My home ist my castle« (Redensart nach einem Rechtsgrundsatz des englischen Juristen und Politikers Sir Edward Cokes, 1552–1634) und »Das ist meine Welt und sonst gar nichts« (aus »Ich bin von Kopf bis Fuß auf Liebe eingestellt«, Text und Musik: Friedrich Holländer; vgl. Anm. zu Marlene Dietrich S. 48). – Mit »Zeileis« könnte die Arztfamilie Zeileis und deren in Gallspach 1920 gegründetes Ambulatorium gemeint sein, in der Zwischenkriegszeit ein Inbegriff für modernes österreichisches Gesundheitswesen.

[38] *Hunde aller Länder* bis *Überorganisation!* – Mit der Anspielung auf die Formel »Proletarier aller Länder, vereinigt euch!«, den letzten Satz des »Kommunistischen Manifests« von Karl Marx (1848), resümiert der Text Hammerschlags Mißtrauen gegenüber seligkeitsversprechenden Ideologien von rechts wie von links.

S. 41–49 Was gefällt Ihnen am besten am Mai

Druck nach »Wiener Magazin«, Mai 1933, S. 11–15 u. 90–91 (Pseudonym: Peter Mahr). Der Originaldruck enthält Illustrationen von Stefan Wessely, Hans Burger und Josef Danilowatz.

[41] *Komm, lieber Mai* – Der Text des berühmten Kinderliedes, dessen erste vier Zeilen von Hammerschlag zitiert werden, stammt von Christian Adolf Overbeck (1775–1821) und wurde 1741 von Mozart (»Sehnsucht nach dem Frühlinge«) und später von Robert Schumann (»Mailied«) vertont.

[43] *Naturheiler und »Verkühle-dich-täglich«-Leute* – »Naturheiler« ist eine spöttische Bezeichnung für die um die Jahrhundertwende einsetzende Reformbewegung, die eine naturnahe und gesundheitsbewußte Körperkultur propagierte. Ein Verein »Verkühle dich täglich« hat in Wien tatsächlich existiert. Dieser veranstaltete u.a. im Dezember 1927 ein »Propaganda«-Schwimmen im Wiener Donaukanal bei minus sieben

Grad Celsius. Ein Foto davon hat der bekannte Fotograf Lothar Rübelt aufgenommen.

[43] *Hans Albers* – Deutscher Schauspieler (1891–1960), berühmt für die Verkörperung von Draufgänger- und Abenteurercharakteren (u.a. in dem Film »Bomben auf Monte Carlo«, 1931).

[48] *Marlene Dietrich* – Mit der deutschen Schauspielerin (1901–1992; u.a. »Der blaue Engel«, 1929, aus dem das Lied »Ich bin von Kopf bis Fuß auf Liebe eingestellt« mit den Zeilen »Männer umschwirren mich, wie Motten das Licht« stammt) hat sich Hammerschlag z.B. auch in einer Parodie für das 6. Programm des »Lieben Augustin« (September bis November 1932) beschäftigt.

S. 50–52 Die Auskleidepuppe des Einsamen

Druck nach »Wiener Magazin«, Februar 1931, S. 79–80 (Pseudonym: P. Mahr). Text unwesentlich gekürzt.

[51] *kniffen* – Papier mit einer scharfen Falte versehen.

[51] *Lieblingsinkassant* – Ein Inkassant (österreichisch) ist jemand, der Geld kassiert.

[52] *Redoutenaufregung* – Nervosität vor dem Festball (Redoute).

[52] *Seite 93* – Verwiesen wird auf den hinteren Teil des »Wiener Magazins«, wo regelmäßig ab S. 90 die zumeist »einschlägigen« Werbeanzeigen des Blattes beginnen; im Heft 2/1931 mit Überschriften wie »Französische Originalphotos. Eine Illusion des Körpers und der Bewegung«, »Stätten der Berli-

ner Prostitution«, »Paris-Films-Eroticon« und »Wie bist du Weib?« (S. 90–92). Nachfolgend ein Ausschnitt der S. 93 mit dem »verlegten«, »wichtigsten Kleidungsstück«:

Die „Wiener-Magazin-Freundin“.

S. 53 HERRENMODE-REFORM 1932

Druck nach »Wiener Magazin«, Dezember 1931, S. 22.

S. 54–61 MILDRED TÖTET DIE FIRMA

Druck nach einer nicht identifizierten Zeitschriftenveröffentlichung aus dem ÖLA-Bestand 35/96 (im Originaldruck mit Zeichnungen von Ernst Graef).

[55] *Daktylo* – Kurzform für Daktylographin (Maschinenschreiberin).
[60] *fallit* – (Veraltet für) zahlungsunfähig.

S. 62–69 ARME KLEINE EVA!

Bisher unveröffentlicht. Druck nach einem Typoskript aus dem ÖLA-Bestand 25/94.

[62] *Stuckerei* – Angestrengtes Lernen.
[62] *binomisch* – (Fachausdruck aus der Mathematik) zweigliedrig.
[63] *Versetz* – Eine Entscheidungsprüfung vor der Zeugnisausstellung, die bei einem drohenden »nichtgenügend« noch zu einem positiven Abschluß im Schuljahr führen kann.
[63] *Nachzipf* – (Österreichisch:) Nachprüfung.

[63] *Shakespeare und seine Frauengestalten* – Ein beliebter Diskussionsgegenstand der Shakespeareschen Theaterstücke, im 19. Jahrhundert mitangeregt durch Heinrich Heines Schrift »Shakespeares Mädchen und Frauen« (1839).

[63] *Mae-West-Filme* – Zum Beispiel »Sie tat ihm Unrecht« und »Ich bin kein Engel« (1933); bereits diese Filmtitel deuten die »verrufenen« und »unmoralischen« Rollen an, die Mae West (1893–1980) verkörperte.

[64] *Stundenfresser* – Liste zum Abstreichen von Zeiteinheiten, z.B. in Hinblick auf den Ferienbeginn.

[64] *Caesar* bis *Rheinbrücke* – Kapitel einer Pflichtlektüre des humanistischen Latein- und Geschichtsunterrichts, die »Commentarii de bello gallico« von Julius Caesar.

[65] *Cottage* – Bezeichnung für die vornehmen Wiener Villenviertel (früher vor allem der 18. und 19. Bezirk). Lustig über die »Cottage-Mädchen« macht sich Peter Hammerschlag in einem gleichnamigen Gedicht, in dem es heißt: »... drum sollst du nichts von Cottage-Mädchen wissen ... / Ihr weißer Leib ist eine einz'ge Fessel, / Von Lach-Schrei-Weinkrampf hin und hergerissen!«.

[66–67] *Christoph Columbus* bis *Klosterneuburg* – Verballhornung und Veralberung gymnasialen Lehrstoffs. Aufgegriffen werden aus der Antike: der makedonische König Philipp II. (356– 336 v. Chr.), von dem der ihm in den Mund gelegte Satz »Komm hol sie dir, dann werden wir im Schatten kämpfen!« nicht stammt. »... dann werden wir im Schatten kämpfen« ist Teil eines in Herodots »Historien« (VII, 226) überlieferten Ausspruchs des Spartaners Dienekes: »Wenn die Meder die Sonne verdunkelten, so würde man mit ihnen im Schatten fechten.« Das Gesagte bezieht sich auf die Schlacht bei den Thermopylen, die zur Vernichtung der griechischen Truppen durch das persische Heer Xerxes I. führte (480 v.Chr.); der Verrat der Griechen durch ihren Landsmann Ephialtes an die Perser (480 v.Chr.), der Sieg der Athener über die Perser bei Marathon (490 v.Chr.), bei dessen Verkündigung der zu Fuß vom Schlachtfeld enteilte Bote Diomedom auf dem Athener

Marktplatz tot zusammengebrochen sein soll (Marathonlauf später »Olympia«-Disziplin); die Erstarkung der römischen Limes-Siedling »Vindobona« (das heutige Wien) unter dem Kaiser Mark Aurel im 2. Jh. n. Chr.; aus dem Mittelalter: die sagenhafte Begründung des Stifts Klosterneuburg (bei Wien), an der Stelle, an der auf der Jagd der verlorene Schleier der Markgräfin Agnes (1075–1134), Frau des Babenbergers Leopold III., gefunden worden sein soll; die Besetzung der Dardanellen durch die Osmanen 1354; aus der Neuzeit: die Entdeckung der Neuen Welt durch Kolumbus (»erblickte ein Matrose Land«) 1492; der Aufbruch der englischen Pilgerväter mit dem Segelschiff »Mayflower« nach Nordamerika 1620; die Türkenkriege (Schlachten bei Mohács 1526 und 1687, die Belagerung Wiens 1683); der 2. Österreichische Erbfolgekrieg um das 1740 von Friedrich II. besetzte Schlesien (Hammerschlag rekurriert auf einen sprichwörtlich gewordenen Ausspruch des Preußenkönigs bei der Betrachtung einer Karikatur von ihm: »Hängt es doch niedriger, daß die Leute sich nicht den Hals ausrecken!«); aus dem 19. Jahrhundert: der Konflikt um das Lombardo-venezianische Königreich; der Konflikt um Schleswig-Holstein (Österreichisch-preußischer Krieg gegen Dänemark 1864, 1866 Sieg der preußischen Armee über Österreich in der Schlacht bei Königgrätz).

[67] *Schlieferl* – (Wienerisch:) Kriecherischer, charakterloser Mensch.

[68] *Atwood'sche Fallgesetze* – Nach dem englischen Physiker George Atwood (1745–1807), der mit einer von ihm erfundenen »Fallmaschine« die Gesetze des freien Falls der Körper untersuchte.

[69] *Non scholae* bis *discimus* – Nicht für die Schule, sondern für das Leben lernen wir.

S. 70–73 Vom armen Lappen Kraaks

Druck nach »Wiener Magazin«, März 1934, S. 18–21 (Pseudonym: Peter Mahr), im Originaldruck mit Zeichnungen von Josef Danilowatz.

S. 77–87 NIE WIEDER MICKY MAUS (IN WIEN)

Druck nach »Wiener Magazin«, Juli 1931, S. 17–22, mit Illustrationen von Peter Hammerschlag (Pseudonym: Peter Mahr). Der »Reportage« wurde im »Wiener Magazin« ein »Kleines Vokabularium für unsere reichsdeutschen Leser« nachgestellt. Diese zwölf Fußnoten-Erläuterungen wurden für den Neuabdruck der Geschichte in dieser Sammlung in den vorliegenden Anmerkungsapparat integriert. – Walt Disneys 1927 kreierte Trickfilmfigur Mickymaus (ursprünglich »Mortimer Mouse«) wurde 1928 durch den ersten Schwarzweiß-Zeichentricktonfilm »Steamboat Willie« weltberühmt (Mickymaus-Comics erschienen erst ab 1930).

[78] *Kampferspritze* – Anregungsmittel für Herz und Atmung.

[78] *Patzer* – (Österreichisch:) Stümper.

[79] *Greta Garbo* – Vgl. Anm. zu S. 31.

[79] *Pülcher* – »Ganove, Strolch, Stromer, Lude« (»Kleines Vokabularium«, s. o.).

[80] *anstrudeln* – »anquasseln, anquatschen« (s. o.).

[80] *Pemstl* – »(von Pinsel) – Einfaltspinsel, Blechkopp« (s. o.).

[80] *Hütteldorf-Hacking* – Eisenbahnstation auf der Westbahnstrecke am Rande Wiens (heute nur noch mit dem Namen Hütteldorf).

[80] *Kißdiehand* – »(richtig Küß die Hand) – österreichische Dankesformel« (s. o.).

[80] *Theater an der Wien* – Ende des 18. Jahrhunderts an der Linken Wienzeile erbautes, noch heute existierendes Theater, das in der Zwischenkriegszeit zur Hochburg der sogenannten nachklassischen Operette wurde. Einen der größten Erfolge, Ralph Benatzkys »Axel vor der Himmelstüre« (Text: Hans Weigel), bedachte Hammerschlag mit einer Parodie auf das von Zarah Leander gesungene Lied »Gebundene Hände«. Der Text, »Arme kleine Karyatide« betitelt, wurde von Heidemarie Hatheyer (1919–1990), die davor Abend für Abend eine schwarze Zofe Zarah Leanders verkörperte, nebenan in der Kleinkunstbühne »Literatur am Naschmarkt« vorgetragen (15. Programm, Oktober 1936 bis Januar 1937).

[81] *satzen* – »rennen, türmen, Tempo machen« (s. o.).

[81] *in Wien* bis *links* – In Österreich herrschte bis Anfang der dreißiger Jahre Linksverkehr.

[81] *Auslage* – »Schaufenster« (s. o.).

[82] *Hernals* – 17. Wiener Bezirk (mit vielen Arbeitersiedlungen).

[82] *sich aufbudeln* – »meckern, Kiste machen, hohe Töne reden« (s. o.).

[82] *Nockerl* – »die Nocken – doofe Ziege, mickrige Pute« (s. o.).

[83] *Grinzing* – Teil des 19. Wiener Bezirks mit zahlreichen traditionellen Heurigen (Buschenschenken). In der auch dort vertretenen »Schrammel«-Musik (benannt nach der Musikerfamilie Schrammel in der zweiten Hälfte des 19. Jahrhunderts) wurde besonders das Wienerlied kultiviert.

[83] *Spezial* – (Wienerisch:) ein besonders guter Wein.

[83] *»Verkauft's* bis *Himmel!«* – Vgl. Einleitungsgesang des 3. Aktes der Johann Strauß (Sohn)-Operette »Wiener Blut« (1899): »Geht's und verkauft's mei G'wand – I' bin im Himmel«.

[83] *Hohe Warte* – Aussichtshöhe am Rande Wiens (19. Bezirk) mit dem Sportplatz des 1894 gegründeten »First Vienna Football Club«. 1921 Eröffnung des damals größten Sportplatzes Europas (100 000 Zuschauer).

[85] *Wasenmeister* – »Hundefänger, Schinder« (s. o.).

[85] *Bristol* – Noch heute existierendes Nobelhotel in Wiens Innenstadt.

[85] *Ringelspiel* – Karussell.

[85] *Göd* – »der Firmgöd, aber die Firmgodl – Firmpate« (s. o.).

[85] *Hoover* – Herbert C. Hoover (1874–1964), Präsident der USA (1929–1933).

[85] *Abraham Lincoln* – 1809–1865, Präsident der USA (1861–1865).

[85] *Scherereien* – »Klamauk, Schlamassel« (s. o.).

[85] *Harry Piel* – Deutscher Filmschauspieler, Regisseur und Filmproduzent (1892–1963), u. a. bekannt durch seinen Film »Der Mann ohne Nerven« (1924).

[86] *Es hat mich wirklich sehr gefreut* – Abwandlung des viel zitierten Ausspruchs von Kaiser Franz Joseph: »Es war sehr schön, es hat mich sehr gefreut.«

[86] *Wir werden keinen Richter brauchen* – »Es ist nicht halb so schlimm« (s. o.).

S. 88–94 Schützet die Silberlöwen!

Bisher unveröffentlicht. Druck nach einem Typoskript aus dem ÖLA-Bestand 25/94.

[88] *Kukuruz* – (Österreichisch, aus dem Slawischen kommend:) Mais.

[88] *Hohe Warte* – Vgl. Anm. zu S. 83.

[88] *Guano* – (Indianisch-spanisch:) Vogelmist von den Küsten Chiles und Perus, der als Dünger eingesetzt wird.

[89] *Kulka* – Der Witz dieser »Fehlleistung« erschließt sich, wenn man in ihr eine Anspielung auf eine Person sieht, möglicherweise auf den Architekten und Adolf Loos-Mitarbeiter Heinrich Kulka (1900–1971) oder den von Karl Kraus befeindeten Lyriker Georg Kulka (1897–1929); in Frage käme aber auch ein entfernteres Mitglied der Familie Hammerschlag, das in den Nachlaß-Unterlagen erwähnt wird.

[89] *Schönbrunn* – Die prachtvolle Habsburger Sommerresidenz, deren Gartenanlagen noch heute ein beliebter »Winteraufenthalt« für russische Saatkrähen sind.

[90] *Salzamt* – Altösterreichische Aufsichtsbehörde in Wien für Salzhandel (1504–1824). Die noch heute geläufige, umgangsspachlich-scherzhafte Aufforderung, »sich beim Salzamt beschweren zu sollen«, drückt die Zwecklosigkeit eines Einspruchs aus.

[90] *Da kannst nix machen* – Wiener Redensart, die auch in das später entstandene Wienerlied »Ja, da kann man nichts machen« (1951; Text: Martin Costa / Erich Meder; Musik: Hans Lang) einfloß.

[90] *Kronfeld* – Der Wiener Robert Kronfeld (geb. 1904) erzielte als Segelflug-Pionier 1929/30 mehrere Weltrekorde im Langstrecken- und Höhenflug. 1931 überquerte er zum ersten Mal den Ärmelkanal von beiden Ufern aus. Er emi-

grierte 1933 nach England, wo er 1948 bei einem Flug tödlich verunglückte.

[90] *Wilhelm Busch* – Der deutsche Dichter, Zeichner und Maler (1832–1908) war ein erklärtes Vorbild für Hammerschlag. Das anschließende Zitat stammt vom Ende der Bildergeschichte »Das Rabennest«.

[92] *Wiener Bilder* – Mit dem Untertitel: Wiener Illustriertes Sonntagsblatt (Hg. von Vincenz Chiavacci, Wien: L. Bergmann 1896–1939).

[92] *Leo Slezak* – Altösterreichischer Tenor (1873–1946), Ehrenmitglied und Publikumsliebling der Wiener Staatsoper; er schlug um 1932 auch eine Karriere als Filmschauspieler ein und spielte u. a. mit Hans Moser.

[92] *Marlene Dietrich* – Vgl. Anm. zu S. 37 u. 48.

[92] *St. Marx* – Teil des 3. Wiener Bezirks, wo 1892 der wichtigste Wiener Schlachthof fertiggestellt wurde.

[92] *Kobenzl-Hotel* – Heute nicht mehr existierendes Hotel im ehemaligen Schloß des Staatsmannes Johann P. Cobenzl (1741–1810) auf dem nach ihm benannten Aussichtsberg am Rand des nördlichen Wienerwalds.

[92] *unsoigniert* – (Abgeleitet aus dem Französischen:) unbesorgt.

[92] *Griffon* – Vorstehhund mit starkem Bart und mittelgroßen Hängeohren.

[93] *tulli(ch)* – (Wienerisch:) großartig, besonders gut.

[93] *Mascherl* – (Österreichisch:) Schleife, Fliege.

[93] *Preis-Schnapser* – Wettbewerbskartenspieler (Schnapsen = österreichisches Kartenspiel).

[93] *Bummerl* – Zeichen (Kreis oder dicker Punkt) zum Anzeigen eines verlorenen Karten- oder Kegelspiels.

S. 95–100 Weggefährten

Druck nach »Wiener Magazin«, Juli 1932, S. 28–32 (Pseudonym: Peter Mahr), mit Illustrationen von Erwin Barta.

[95] *Schaffner* – Härter mit dem Wiener »Schaffner« geht Ham-

merschlag in seinen »Terzinen vom Kontrollor« ins Gericht, wo es über die »übermächtige« Autoritätsfigur u. a. heißt: »Kommt hier ein Edelamtsorgan und Seher / Den heut man uns zum Richter auserkor.«

[98] *Kamtschatka* – Nordostasiatische Halbinsel (heute zu Rußland gehörig).

[100] *Remise* – (Französisch:) Wagenschuppen, im engeren Sinn: Straßenbahndepot.

S. 101–105 DER MANN, DER NICHT HEISER WURDE

Druck nach »Das kleine Blatt« (Wien), Nr. 320 vom 21. 11. 1930. – Der Text lebt sehr stark von den Eigenheiten des Wiener Dialekts.

[102] *Tscharii Schaplöh* – Charlie Chaplin.

[104] *mir sind von Kopf* bis *eingestellt* – Vgl. Anm. zu S. 37 u. 48.

[104] *mollert* – (Wienerisch:) mollig (im Sinne von weich, angenehm), rundlich.

[104] *Steyr* – Fahrzeug aus der österreichischen »Steyr-Werk AG«, bei der kurzfristig Ferdinand Porsche als Chefkonstrukteur tätig war. Nach Porsches Plänen entstand u. a. der »Steyr Typ 30«, der nur wenige Wochen vor Erscheinen der vorliegenden Hammerschlag-Geschichte auf dem Pariser Salon vorgestellt worden war.

S. 109–113 DER STEINERNE GAST

Druck nach einem nicht identifizierten Zeitungsausschnitt aus dem ÖLA-Bestand 35/96. Mit folgender Titelgestaltung, die von Peter Hammerschlag selbst stammen könnte:

Das Motiv des »steinernen Gastes«, der strafenden Instanz eines Standbildes, ist alt und vor allem aus dem Don-Juan-Stoff bekannt (etwa bei Tirso de Molina, Molière und nicht zu vergessen Da Ponte / Mozart).

[111] *Soubrette* – Sie stellt in Oper, Operette und Kabarett heitere Sopranpartien vor.
[111] *Defraudant* – Betrüger (defraudieren = betrügen, unterschlagen, hinterziehen).
[112] *Diseuse* – Vortragskünstlerin (vor allem im Kabarett).

S. 114–117 Wochenschau zu Hause

Druck nach »Kleine Volkszeitung« (Wien) vom 27.9.1937 (dort unter dem Titel und mit der durchgängigen Schreibung »Wochenschaue zu Hause«).

Der Weg führt die beiden Protagonisten zu zentralen und beliebten Orten eines Teils der Wiener Innenstadt.

[114] *Hochhaus* – Die Wiener Szenerie läßt an das 1932 fertiggestellte (von Siegfried Theiß und Hans Jaksch entworfene) erste Hochhaus in Wien denken, das »Hochhaus in der Herrengasse«, in der sich Peter Hammerschlag oft aufgehalten hat (z.B. im »Café Herrenhof« und in der Redaktion des »Wiener Magazins«).
[114] *Volkscafé* – Höchstwahrscheinlich das damals sogenannte Volksgartenkaffeehaus im Volksgarten zwischen Hofburg und Burgtheater.
[114] *Sportzigaretten* – Billige, filterlose Zigaretten der Marke »Sport«.
[115] *Haarhof* – Unweit der Herrengasse, mit einem kleinen Platz die Wallnerstraße und Naglergasse verbindend.
[115] *Judenplatz* – Nahe »Am Hof«, wohin man über die Naglergasse gelangen kann.
[116] *Wolter-Anwärterin* – Bezieht sich auf die Burgschauspielerin Charlotte Wolter (1834–1897).

[116] *Veronika* – Gemeint ist wahrscheinlich der berühmte Schlager »Veronika, der Lenz ist da« vom Anfang der dreißiger Jahre (Musik: Walter Jurmann, Text: Fritz Rotter).

[116] *Neuer Markt* – Platz, der vom Judenplatz z. B. über die Hauptachsen Graben und Kärntner Straße zu erreichen ist.

[116] *Bäckerstraße* – Heimelige Gasse, zu der man vom Neuen Markt, dem vorhergehenden Schauplatz der Geschichte, zurück über die Kärntner Straße und den Stephansplatz nach Überquerung der Wollzeile kommt.

[117] *Schinakel* – (Wienerisch:) Kleines Ruderboot (in der Übertragung auch: größeres Schiff).

[117] *Kukuruz* – Vgl. Anm. zu S. 88.

S. 118–122 Der Flüster-Jongleur

Bisher unveröffentlicht. Druck nach einem Typoskript aus dem ÖLA-Bestand 35/96.

Der zeitgenössische Leser könnte mit dem Titel den in den zwanziger Jahren populären, sogenannten »Whispering Baritone« (»Flüsterbariton«) Jack Smith (gestorben 1950 in New York) assoziiert haben. Die Bezeichnung »Flüsterbariton« erhielt der Sänger durch die eigenwillige Art seines Vortrages.

[118] *Rastelli* – Enrico Rastelli (1896–1931), italienischer Jongleur.

[118] *Grock i. P.* – Eigentlich Adrian Wettach (1880–1959), schweizerischer, international berühmter Musikclown. Die Abkürzung »i. P.« steht wahrscheinlich für »in Person«.

[118] *Totò* – Eigentlich Fürst Antonio De Curtis (1901–1967), italienischer Komiker.

[118] *Schaljapin* – Fjodor I. Schaljapin (1873–1938), russischer Baß.

[118] *Charlie* – Chaplin.

[118] *Krafeg* – Nicht ermittelt; womöglich Tippfehler, anstatt »Kragen«.

[119] *plinkern* – (Niederdeutsch:) blinzeln.

[120] *Yvette Gilbert* – Yvette Guilbert (1867–1944, auch Gilbert), französische Chansonniere und Schauspielerin.

[120] *in atonalen Kreisen* – Bezieht sich auf das Umfeld des Wiener Komponisten Arnold Schönberg (1874–1951), der um 1923 die Zwölftontechnik (mit dem Prinzip der »Atonalität«) eingeführt hat. Einer seiner bekanntesten Schüler war Anton von Webern (1883–1945).

[120–121] *Dann ward es ernst* bis *der Vorhang war unten* – Das geschilderte Ambiente greift Elemente des expressionistischen Theaters auf, wie sie um 1930 noch zu finden waren, aber von vielen (besonders den Anhängern der »Neuen Sachlichkeit«), wie wohl auch von Hammerschlag, als überholt und obsolet betrachtet wurden.

S. 123–129 Blamage in Hellbrunn

Druck nach einer nicht identifizierten Zeitschriftenveröffentlichung aus dem ÖLA-Bestand 25/94, im Originaldruck mit Fotos des Schlosses Hellbrunn.

[123] *Hellbrunn* – 1612–1619 von Santino Solari im Auftrag des Marcus Sitticus (vgl. Anm. zu S. 124) erbautes Lustschloß bei Salzburg, in dessen Parkanlage sich weltberühmte Wasserspiele und skulpturengeschmückte Grotten befinden.

[123] *Tritonen* – Altgriechische Meergötter im Gefolge Poseidons.

[123] *Najaden* – In Quellen und Gewässern beheimatete Naturgöttinnen des altgriechischen Volksglaubens.

[123] *Festspielzeit* – Bezieht sich auf die seit 1920 stattfindenden Salzburger Festspiele (vgl. Anm zu S. 129 zu »Jedermann«).

[124] *schlurren* – Eine Variante von »schlurfen«.

[124] *Paris Lodron* bis *Wolf Dietrich von Hohenems* – Drei Salzburger Erzbischöfe: Marcus Sitticus (1574–1619) betrieb die Rekatholisierung von Salzburg; er hielt bis zu dessen Tod seinen ebenfalls nicht gerade zart besaiteten Vorgänger Wolf Dietrich von Raitenau (1559–1617) – also nicht aus dem Adelsgeschlecht von Hohenems, dem M. Sitticus angehörte –

gefangen. Nachfolger von Sitticus wurde der Graf Paris Lodron (1586–1653).

[125] *Haferlhose* – Wahrscheinlich eine Ableitung von »Haferlschuh« (österreichisch), ein spezieller Trachtenschuh.

[126] *Salzburger Schnürlregen* – Feiner Dauerregen (wie am Schnürchen gezogen), in und in der Umgebung von Salzburg so genannt.

[127] *Taffetdirndl* – Dirndl aus seidenartigem Stoff (Taffet veraltete Schreibung für Taft).

[127] *Harald Kreuzberg* – Richtig Harald Kreutzberg (1902–1968), u.a. in Berlin und Hannover tätiger Tänzer und Choreograph, Repräsentant des mimischen Solotanzes.

[128] *Wolfgang* – Mozart.

[128] *Georgettekleid* – Kleidungsstück aus einem besonders zart durchscheinenden Kreppgarn (Crêpe Georgette).

[129] *Jedermann* – Kaum gemeint sein kann Hugo von Hofmannsthals »Jedermann« (Uraufführung 1911 in Berlin; traditionell wiederholt bei den Salzburger Festspielen, zuerst 1920 unter der Regie von Max Reinhardt), in der eine Laute keine Rolle spielt. Entweder kannte Hammerschlag die Hofmannsthalsche Prosafassung von 1906 (veröffentlicht 1911), in der der Protagonist mit einer »Gitarre« auftritt, oder er bezieht sich auf das anonyme englische Jedermannsdrama aus dem 15. Jahrhundert (»The Somonynge of Everyman«), in der sich der singende »Everyman« auf einer Laute begleitet.

[129] *Petersfriedhof* – Friedhof im Zentrum von Salzburg.

[129] *Ochs von Lerchenau* – Der Baron Ochs von Lerchenau aus der Oper »Der Rosenkavalier« von Richard Strauss (Text: Hugo von Hofmannsthal).

S. 130–135 Sind wir mit unseren Eltern zufrieden?

Druck nach »Wiener Magazin«, Januar 1932, S. 46–50. In den Originaldruck integriert ist eine Zeichnung von Josef Danilowatz; vorangestellt sind acht (von Peter Hammerschlag?) mit Bildlegenden versehene Fotographien, darunter:

Der Großpapa, den man am liebsten zu Hause läßt

[131] *Jack London* – Amerikanischer Schriftsteller (1876–1916).

[132] *Kants »Kritik der reinen Vernunft«* – Hauptwerk des deutschen Philosophen Immanuel Kant (1724–1804).

[133] *Fraiskleid* – Erdbeer-, rosafarbenes Kleid (nach fraise, frz. für Erdbeere).

[134] *Primgeiger* – Erster Geiger in einem Orchester.

[134] *Schilcherjoch* – Schilcher ist eine steirische Weinsorte. Während ein Schilcherjoch nicht nachweisbar ist, gibt es in Südtirol ein Bergtal mit dem Namen »Stilfserjoch«.

[134] *Taler und Silbergroschen* – Alte österreichische Währungen bis 1857.

[135] *Verein »Verkühle dich täglich«* – Vgl. Anm. zu S. 43.

Lebensdaten

27.6.1902 Peter Hermann Hammerschlag wird als Sohn der jüdischen Eltern Viktor (Hals-, Nasen-, Ohrenarzt) und Hedwig (geb. Bunzl) Hammerschlag in Wien geboren.

1906 Die Familie übersiedelt von der Alser Straße 8 in die Alser Straße 26 (IX. Wiener Bezirk), wo Viktor Hammerschlag auch seine Ordination eröffnet.

2.9.1908 Römisch-katholische Taufe von Peter Hammerschlag und seiner Mutter.

1913–1921 Besuch des Reformgymnasiums Albertgasse 18–22 (VIII. Wiener Bezirk).

1921–1929 Nach der Matura besucht Peter Hammerschlag ein Semester des Lehrgangs für Buch- und Illustrationsgewerbe an der Höheren Graphischen Lehr- und Versuchsanstalt in Wien und studiert eine Zeitlang Kunstgeschichte. Er verfaßt Mittelschulrevuen und versucht mit diversen Schreib- und Zeichenaufträgen seinen Lebensunterhalt zu finanzieren. Einige seiner teilweise selbst illustrierten Gedichte und Prosatexte erscheinen erstmals in Zeitungen und Zeitschriften.

Dezember 1929 bis Mitte 1930 Aufenthalt in Berlin, wo Peter Hammerschlag auch im »Küka« (Künstlerkaffee), einem kabarettistischen Kleinunternehmen, auftritt.

4.7.1930 Peter Hammerschlag ist wieder in Wien bei seinen Eltern gemeldet.

7.11.1931 Stella Kadmon eröffnet die Kleinkunstbühne »Der liebe Augustin« im Souterrain des Café Prückel in Wien. Peter Hammerschlag arbeitet dort bis Herbst 1935 als Hausautor,

»Blitzdichter«, Conférencier und Schauspieler. Während seiner Zeit beim »Lieben Augustin« schreibt er manchmal auch für andere Bühnen, wie die Kleinkunstbühne »Stachelbeere« und die »Österreichische Volksbühne« (Urania).

1935–1938 Peter Hammerschlags Name scheint in den Programmen anderer bekannter Wiener Kleinkunstbühnen auf, wie der »Kleinkunst in den Collonaden« (Nachfolgerin der »Stachelbeere«), dem »ABC« und der »Literatur am Naschmarkt«.

Juli 1938 Die Familie Hammerschlag wird der Wohnung in der Alser Straße verwiesen.

August 1938 Ausreise Peter Hammerschlags nach Jugoslawien.

Ende November 1938 Ausweisung aus Jugoslawien und Rückkehr nach Wien.

Jänner 1939 Eröffnung der Kleinkunstbühne »Wiener Werkel«. In dem bis Kriegsausbruch (September 1939) gespielten Programm scheint Peter Hammerschlags Name zum letzten Mal im Programmheft einer Kabarettbühne auf.

1939 »Die wunderbaren Abenteuer des Freiherrn von Münchhausen«, eine von Peter Hammerschlag in Verse gekleidete Münchhausiade, erscheinen als einzige zu Lebzeiten herausgegebene selbständige Publikation von Hammerschlag im Leipziger Trenkler-Verlag.

19.9.1941–15.6.1942 Zwangsarbeit bei dem der Deutschen Wehrmacht unterstellten »Ersatzverpflegsmagazin – Leergutsammelstelle« im ehemaligen Messegelände (Prater).

Juni 1942 Peter Hammerschlag bleibt offiziell bis zur Deportation seiner Eltern (20.6.1942) bei der ihnen zugewiesenen

Ghettoadresse (Salzgries 16, I. Wiener Bezirk) gemeldet. Anzunehmen ist, daß er schon Anfang, spätestens Mitte Juni untertaucht. Alexander Steinbrecher (Komponist und Kapellmeister des Wiener Burgtheaters) versteckt ihn bei sich. Als Hammerschlag einmal die Wohnung verläßt, wird er auf der Straße verhaftet.

17.7.1942 Datum des Deportationstransportes mit dem Peter Hammerschlag (möglicherweise über Theresienstadt) nach Auschwitz gebracht wird. Das Datum seiner Ermordung ist unbekannt.

Inhaltsverzeichnis